colección alandar

Fronteras

Katrien Seynaeve

Traducido por:
María Lerma

EDELVIVES

Directora de la colección:
Mª José Gómez-Navarro

Equipo editorial:
Violante Krahe
Juan Nieto
Lupe Rodríguez

Dirección de arte:
Departamento de imagen y diseño

Diseño de la colección:
Manuel Estrada

Fotografía de cubierta:
Photonica

Título original: *Grenzen*

Carretera de Madrid, km. 315,700
50012 Zaragoza
Teléfono: 913 344 883
www.edelvives.es

ISBN: 84-263-5129-8
Depósito legal: Z. 2343-03

Talleres Gráficos Edelvives (50012 Zaragoza)
Certificados ISO 9002
Printed in Spain

El 0,7% de la venta de este libro se destina a la construcción de la escuela que la ONG Solidaridad, Educación, Desarrollo (SED) gestiona en San Julián (El Salvador).

FICHA PARA BIBLIOTECAS

SEYNAEVE, Katrien (1949-)
Fronteras / Katrien Seynaeve ; traducido por María Lerma. – 1ª ed. – Zaragoza : Edelvives, 2003
157 p. ; 22 cm. – (Alandar ; 29)
«Mención de Honor del Premio de Literatura Juvenil de la UNESCO 2003»-cub.
ISBN 84-263-5129-8
1. Conflicto árabe-israelí. 2. Familia. 3. Amistad. 4. Solidaridad. I. Título. II. Serie.
087.5:821.112.5(493)-31"19"=134.2

Para Steve Efran, Nueva York.
Para la familia Sabella, Al-Quds.

Verano, 1948

BARFYLIA

Fahkri se aplastó contra el suelo. Oía disparos, órdenes, pasos que se acercaban. Los niños lloraban, las mujeres gritaban. Llevaba toda la tarde escondido entre los olivos. Ya no se sentía seguro en el huerto. Tenía que irse tan rápido como fuera posible. Pero ¿dónde podría encontrar otro escondite? Echó a andar con cuidado entre las nuevas plantaciones y se acuclilló detrás de los arbustos que bordeaban el campo lindante. Dudó un momento y separó las ramas. Soldados de Haganah corrían por las calles, iban registrando el pueblo casa por casa y echaban a la calle a los últimos que quedaban dentro. Ahmad, el vecino pequeño de Fahkri, se soltó de pronto de su madre y volvió a entrar en el pasillo. Dos soldados apuntaron inmediatamente su arma hacia el vano de la puerta. Unos segundos después uno de ellos acribilló la pelota que el pequeño sostenía delante de él. El niño cayó encima del juguete. El prolongado alarido de la madre perforó los tímpanos de Fahkri. La imagen y el sonido se fundieron y se le grabaron en la cabeza. Se quedó helado hasta los huesos.

¿Huir era realmente la única oportunidad de sobrevivir a *al-naqba**, la gran catástrofe? Su padre se lo había recomendado a todos cuando empezaron a filtrarse los primeros rumores de la incursión del ejército judío en los pueblos palestinos, pero nunca había llegado a creerlo. Ahora se daba cuenta de que realmente esa era la única oportunidad de sobrevivir. Tenía que irse, pero sabía que algún día volvería a Barfylia, a esa tierra, a los olivos de su abuelo, a la casa en la que había nacido.

Fahkri apretó la llave de casa que le colgaba del cuello sujeta por un cordel. Entonces advirtió la sombra. Se incorporó de un salto, giró y se encontró cara a cara con un desconocido. Por un breve instante fue como si viese su propio reflejo. El joven que se encontraba delante tenía el mismo cuerpo flaco, los mismos brazos y piernas largos, la misma piel tostada. Sus ojos estaban teñidos del mismo temor y odio. Pero el otro llevaba una *kipá* en la cabeza y él llevaba una *kefiyyah*. Se miraban inmóviles, ambos atrapados por la misma enorme sorpresa.

«El fusil —se le pasó entonces por la cabeza a Fahkri—, tengo que quitarle el fusil de las manos a este mal-

---

* Las palabras en cursiva figuran en un glosario al final del libro.

dito judío.» Dobló las rodillas a toda velocidad, escarbó bajo los arbustos y le echó tierra. El soldado dio un paso atrás y tropezó. Un segundo después Fahkri estaba encima de él.

—Te voy a romper todos los huesos —siseó—. Uno por uno.

Dos pulgares crujieron. El joven que tenía debajo se retorcía.

—Y con este índice nunca volverás a apretar un gatillo.

—*Shalom* —gimió el hombre—. *Shalom... salaam.*

—¡No menciones la paz! —ladró Fahkri—. ¿Cómo eres capaz de pronunciar esa palabra?

Levantó al hombre de un tirón y le giró hacia los aldeanos que huían, hacia los huertos destruidos, hacia el niño muerto.

—¡Mira! —dijo—. ¡Mira esa libertad tuya!

Entonces obligó a arrodillarse al lloroso judío y le dislocó el brazo derecho. El joven cayó inconsciente. Fahkri le metió bajo los arbustos a patadas. Agarró el fusil y corrió detrás de los otros.

A la caída de la noche encontró a su familia y amigos de Barfylia en uno de los pueblos vecinos. Rodeaban consternados a la familia de Ahmad. El niño muerto estaba en el regazo de su madre. De no haber sabido lo ocurrido se habría podido pensar que era un bebé cansado que dormía deliciosamente después de un largo día de juego. Pero los disparos de fusil del fondo contaban otra historia. Una enorme furia invadió a Fahkri. ¿Por qué habían permitido aquello? ¿Por qué se habían dejado expulsar de su tierra, de sus casas? ¿Por qué no había matado inmediatamente a aquel judío de un tiro? Su mano se deslizó por la culata del fusil. Aún no era demasiado tarde. Si volviese ahora...

—¡No, no lo hagas!

Una orden en voz baja pero clara. Fahkri sintió la mano de Salwa en su brazo. Los ojos grandes y marrones de su cara afilada miraban con gravedad.

—Han matado a tu hermano, Salwa. Tienen que pagar por ello.

—Por supuesto, pero no de esa forma, Fahkri. No quiero. ¡Nunca!

Las imperativas palabras de su prometida le paralizaron. El fusil le colgaba pesado como el hierro contra el pecho.

—Ahmad sigue en nuestro corazón y en nuestros pensamientos —susurró ella—. Ningún judío podrá tocarle allí nunca. Ven.

Le llevó hasta el círculo de amigos que rodeaban a los dolientes padres y hermanas.

—¿Dónde lo enterramos? —preguntó Mohamed, el padre de Ahmad.

—Tu hijo tendrá un lugar junto a nuestros hijos muertos —dijo el hombre más anciano del pueblo.

—¡No! —gritó la madre de Ahmad—. Yo no dejaré a mi hijo en una tierra extraña.

Se inclinó protectora sobre el pequeño.

—No hay otra solución, Fadwah. No podemos volver a Barfylia por el momento.

Los presentes asintieron aprobando.

—Entonces me lo quedaré —dijo abrazando a su hijo.

Salwa y sus hermanas se acercaron más a su madre y a su hermano.

—Tienes que ser razonable —bramó Mohamed.

—*¡Baba!*

Salwa se puso frente a su padre. Era igual de alta que él y le miró directamente a los ojos.

—¿Cómo puedes exigir algo así? Mamá ha sido la primera que ha sentido a Ahmad. Ella le conoce desde hace más tiempo. ¿Acaso no sabe ella lo que es mejor para él?

Mohamed se puso rojo. Todos contuvieron la respiración. No ocurría a menudo que una hija se atreviese a contradecir a su padre.

—Lo diré por última vez —dijo Mohamed—, mi hijo descansará aquí.

Fadwah se encogió. Salwa se acuclilló junto a su madre y le frotó suavemente la espalda.

—Mamá —dijo—, los judíos han matado a Ahmad. Nos han quitado Barfylia. No querrás que sea enterrado con esos monstruos, ¿no? Su lugar ahora es este, junto a nuestros amigos palestinos.

—¿Y si los judíos también vienen aquí?

—No lo harán, mamá.

—¿No? ¿Y por qué no?

—Ellos…, este pueblo es mucho más pequeño, y hay menos huertos, aquí no tienen fuentes y…

Las palabras se quebraban. Su madre ya no escuchaba. Acariciaba el pelo de Ahmad y le susurraba algo al oído. Después se cubrió la cara con un pañuelo negro y miró en dirección a Barfylia.

—Odio a esos judíos —gritó—. ¡Los odio!, ¡los odio!

—Ahmad tiene que saberlo. Ven.

Salwa llevó a Fahkri al lugar en el que su hermano estaba enterrado.

—Hola, Ahmad —dijo—. Fahkri es ahora mi marido. Te acuerdas de él, ¿no? Te llevaba a menudo al huerto.

—Menos aquella vez —masculló Fahkri—. Si entonces hubiera estado conmigo, no....

—¡Para, Fahkri! Nadie te reprocha nada. ¿Por qué sigues sintiéndote culpable?

Le rodeó los hombros con el brazo, pero él se apartó y empezó a tirar nervioso de un pico de su *kefiyyah*. Salwa reconoció el gesto. Vio aquella mirada fría y de pronto tuvo miedo del hombre al que amaba.

Conocía a Fahkri de toda la vida. Habían vivido uno al lado del otro durante veinte años y sus familias siempre habían sido amigas. Todos en Barfylia estaban de acuerdo en que estaban destinados el uno al otro. Hacía justo un año que se habían prometido. Bajo el limonero del abuelo de Fahkri había recibido una ancha pulsera de oro, el primer regalo que él le hacía. Después, Fahkri le había sorprendido en el mismo lugar con pequeños detalles: un anillo, un collar, una flor. Ambos habían soñado con una gran boda en la que juntos bailarían, cantarían y disfrutarían durante horas…

Salwa cerró los ojos. No había habido ninguna fiesta. Solo sus padres, hermanos y hermanas se habían enterado de que a partir de ese momento vivirían juntos como hombre y mujer. Muchos de sus amigos y conocidos ya se habían ido a casa de parientes de otros pueblos o habían cruzado la frontera hacia el Líbano. Habían huido de los judíos como otros miles de palestinos. *Al-naqba* había puesto toda su vida patas arriba, pero la mayoría intentaba volver a retomar el hilo de una u otra forma. A Fahkri le parecía imposible. La muerte de Ahmad había arrojado una sombra sobre él, una frialdad que no podía quitarse de encima. Seguía anclado a Barfylia con cada fibra de su cuerpo. Por eso era a veces tan inaccesible, incluso aquel día, incluso para ella. Ya no contaba lo que pensaba o lo que sentía y eso era lo que más le preocupaba a ella. Antes habían compartido los pequeños y los grandes secretos, y ahora que estaban mucho más juntos, Salwa ni siquiera sabía lo que realmente se le pasaba por la cabeza.

—¿Fahkri? Los demás nos están esperando.

—Ahora mismo voy —contestó—. Antes quiero prometerle una cosa a tu hermano.

Salwa le dio un beso en la frente y volvió sola. En el pueblo ya había dos familias preparadas para partir hacia Kalandia, el gran campo de refugiados en las cercanías de Ramallah. Cuando Fahkri apareció se pusieron todos juntos en camino.

—¿Ya tienes un nombre?

Maha puso las manos en la barriga de su hermana mayor. Salwa la miró sorprendida. En su cuerpo aún no se notaba nada del embarazo. ¿Cómo sabía su hermana pequeña que esperaba un hijo? ¿Se lo habría chivado su madre? ¿O simplemente lo había deducido por un gesto, una mirada? Los niños pequeños a menudo necesitan pocas palabras para entender algo. Y en la tienda, en la que ya llevaban viviendo medio año las dos familias, era casi imposible mantener algo en secreto.

—Todavía sigo dudando entre dos nombres —contestó.

—¿Cuáles?

—Eso es mi secreto.

—Venga, cuéntamelo —pidió Maha.

Salwa negó con la cabeza.

—Ni pensarlo.

—¿De verdad que no?

—De verdad que no.

—Entonces se lo preguntaré a Fahkri.

—¡Fahkri! ¡Fahkri!

Maha salió corriendo de la tienda. Salwa la siguió a una distancia prudencial. Encontró a su marido en su lugar favorito de la colina, junto al cedro. Era su refugio cuando no soportaba el bullicio del campo de refugiados.

—¿Le has chivado algo a Maha? —preguntó.

—Tu hermana pequeña no sabe nada —sonrió—. Ven, siéntate un momento conmigo.

Salwa se acuclilló a su lado. Sus dedos se entrelazaron.

—¿Hueles tú también la primavera?

Salwa le besó la mano.

—¿Recuerdas aquel campo lleno de flores, Salwa? ¿Las flores moradas, blancas y amarillas de Barfylia?

—Por supuesto.

—Quiero ver a nuestro hijo jugar allí.

Salwa sonrió ante la idea, pero tembló con el duro sonido de su voz.

—Ya volveremos más adelante, Fahkri. Pero por el momento quiero irme de aquí lo antes posible. Un campo de refugiados no es lugar para los niños.

—No, no seguiré huyendo. ¡Nunca más!

—No es ninguna huida, Fahkri. Vamos a casa de nuestros amigos en Al-Quds. Zacarías y Margot viven en la Ciudad Vieja. Con los Sabella al menos tendremos un techo de verdad encima de nuestras cabezas.

—Yo creía que se habían ido al Líbano.

—Han vuelto. Margot no se encontraba a gusto en el Líbano y Zacarías no quería perder su puesto de guía en la iglesia del Santo Sepulcro. Les cedieron algunas habitaciones en la casa de los monjes franciscanos. Allí somos bienvenidos, Fahkri.

—¿Como musulmanes en el barrio cristiano?

—Margot y Zacarías nos han invitado, Fahkri.

Apoyó la cabeza en su barriga.

—Este pequeño corazón latirá con más tranquilidad

dentro de los muros de Al-Quds. Jerusalén es una ciudad preciosa para nacer. Tienes que venir con nosotros.

Fahkri guardó silencio, pero Salwa sabía lo que estaba pensando.

—¡Salwa! *¡Baba!* ¡Mamá!

Fahkri puso una hoja de papel a cada uno en las manos.

—¿Qué es esto? —preguntó su padre—. No sé inglés.

—¿Hay noticias? —preguntaron los padres de Salwa, saliendo de la tienda con curiosidad.

—¡Noticias fantásticas! —contestó Fahkri—. Podemos volver a Barfylia.

A ella le temblaron las piernas.

—¡Escúchame! Aquí lo pone bien claro. Las Naciones Unidas reconocen que todos los refugiados palestinos tienen derecho a volver a sus pueblos o a ser indemnizados por las propiedades perdidas.

Fahkri estaba radiante.

—¿Y bien? ¿A qué esperamos para irnos?

Hubo silencio.

—Esto está bien claro, ¿no? ¿O es que estáis sordos?

El padre de Fahkri se encogió de hombros.

—Palabras —masculló—, nada más que palabras y vagas promesas. ¿Mencionan también alguna fecha?

Fahkri repasó el texto.

—No, pero…

—¿Entonces por qué están levantando campamentos por todas partes?

—*Baba*, este texto ha sido redactado por los miembros de las Naciones Unidas. No publicarían algo así por las buenas.

—¿Y por qué no? ¿Es que tienes la cabeza llena de grillos? —le soltó su padre—. ¿Quién propuso dividir Palestina? ¿Acaso no fueron las propias Naciones Unidas?

—Nos dan una nueva oportunidad, *baba*. Por eso tenemos que agarrarnos a ella. Yo voy a volver en cualquier caso.

—Eres un necio, un gran necio. Cuando recuperes el juicio seguiremos hablando.

Se metió en la tienda.

La madre de Fahkri zarandeó a su hijo.

—Los judíos te matarán, chico. No puedes volver. Piensa en tu hijo.

Fahkri la miró fijamente.

—Por mis hijos es por lo que vuelvo, mamá. Tienen derecho a Barfylia. No pueden convertirse en refugiados.

—Salwa, quítale esa locura de la cabeza —susurró su madre—. Venga, solo tú eres capaz de hacerlo.

Salwa cogió a su marido del brazo y paseó con él hasta su lugar preferido bajo el cedro, pero no dijo una palabra. Por milésima vez escuchó su sueño acerca de Barfylia en el que solo él creía.

Las noticias se sucedían. Las Naciones Unidas recalcaban una y otra vez el derecho de los palestinos a su propio país y los dirigentes árabes de los países circundantes decían a voz en grito que liberarían Palestina de todos los intrusos judíos. Pero los refugiados palestinos seguían deambulando en su propio país y los judíos seguían llegando en masa a su tierra prometida desde todas las partes de Europa.

Fahkri anotaba todo en un cuaderno y completaba con regularidad una lista con los nombres de todos los pueblos palestinos que desaparecían sistemáticamente bajo los *bulldozers* judíos. En el centro dibujó un mapa de Palestina con las fronteras que sus padres y sus abuelos habían pintado siempre. Con algunos trazos de lápiz esbozó un plano de su pueblo: las casas, el huerto de olivos e higueras, y la fuente en la que Salwa y él habían ido a buscar agua cada día con cántaros de barro.

—Es para nuestros hijos —le explicó—. En Al-Quds podré contarles todo sobre Barfylia y con lo que estoy apuntando aquí podrán encontrar fácilmente su camino en nuestro pueblo.

Septiembre, 1996

NUEVA YORK

—¿Vamos a tomarnos un café a algún sitio? —preguntó Steve.

Sue se encogió de hombros.

—¿Para qué?

—Pues para charlar un rato.

—¿Has cambiado de planes?

—En realidad, no, pero a lo mejor podemos...

—Entonces no hay nada más que decir. *Ciao.*

Dio la vuelta y subió las escaleras hacia el aula.

—¿Sue? Sue, ¡escúchame!

Le habría gustado decirle que le escribiría, que le enviaría a menudo un *e-mail*, pero ya había desaparecido entre otros estudiantes.

Steve se aguantó el dolor. Cuando estaban en la escuela superior habían sido los mejores amigos. Habían estudiado juntos, habían sido miembros del mismo club deportivo y juntos habían vivido momentos inolvidables en excursiones y fiestas. Pero ¿se había acabado todo aquello porque se iba un año a Israel? No, no lo admitía y tampoco lo entendía. ¿Cómo podía haber cambiado Sue de una forma tan radical en apenas unas semanas? Incluso tener una conversación tranquila se había vuelto imposible. Su partida significaba una ruptura definitiva para ella, mientras que él se tomaba su viaje de ultramar solo como un paréntesis previo a sus estudios universitarios. Le había explicado decenas de veces que su viaje no tenía nada que ver con ella, pero había sido como hablar con la pared. Eso era evidente.

Por la tarde deambuló por Manhattan sin objetivo alguno. Se sentía perdido sin Sue y ante cada cabina que veía le crecía la duda de si llamarla o quizá marcar directamente el número de la agencia y anular el viaje. No le costaba nada retrasar la visita a su familia hasta después de haber acabado los estudios, pero ¿era esa la solución? ¿Estaría entonces Sue de acuerdo? Lo dudaba mucho. ¿Ir los dos? No, eso tampoco entraba en los planes, ahora no y después tampoco. Sue no tenía ninguna raíz judía y en realidad estaba poco interesada en Israel. Ella soñaba con las islas griegas y con Italia. En su caso era totalmente distinto. Ya desde pequeño había sentido muchísima curiosidad por el peculiar tío abuelo que hacía más de medio siglo había preferido Jerusalén a Manhattan. ¿Por qué no iba él a aprovechar la oportunidad de conocer por fin al tío Simón y al resto de su familia? Ahora que el proceso de paz en Oriente Medio estaba en pleno desarrollo le parecía el momento idóneo para ir a echar un vistazo. Además, un año así pasaba volando, ¿no? ¿Estaba intentando autoconvencerse? Apenas llevaba medio día separado de Sue y ya la echaba muchísimo de menos. ¿Cómo iba a aguantar doce meses sin ella? No, por el momento no tenía la solución.

Tampoco sabía cómo iba a explicar en casa la ruptura con Sue. Sus dos hermanas adolescentes no le iban a dejar tranquilo ni un minuto. Podía imaginarse sus mordaces preguntas: «¿Qué? ¿Hemos oído bien? ¿Los nuevos Romeo y Julieta separados? ¡Increíble! ¿No habíais nacido el uno para el otro? ¿Quién deja plantado a quién?»

Podía ahorrarse perfectamente esas situaciones. Todavía necesitaba algo de tiempo para pensar cómo podía contestarles de una forma adecuada.

En la sala de cine Angélica eligió una película al azar. *La vida es bella* de Roberto Benigni fue un acierto. La historia le encantó desde el primer minuto. Disfrutó del humor sutil, pero sobre todo estaba emocionado por el amor incondicional de padre e hijo. Hora y media después se estaba secando las lágrimas de las mejillas. Lo reconocía, la historia estaba adornada con toques hollywoodienses, pero al mismo tiempo remitía a la cruda realidad del Holocausto. Después de todo lo que había leído al respecto seguía considerando un enigma cómo la gente había sobrevivido a aquella locura incomprensible. ¿Cómo habría logrado su abuelo salir con su hermano de aquel infierno? ¿Por qué Isaac y Simón se habían separado después? ¿Por qué vivía Simón en Jerusalén de una forma estrictamente ortodoxa mientras que sus propias tradiciones judías se limitaban en Manhattan a la celebración de su *bar mitswa* y a visitas esporádicas a la sinagoga en las principales festividades judías?

Más de una vez había sacado a relucir el tema en casa, pero siempre se había encontrado con una negativa. Ni el abuelo Izzy ni su padre querían o podían darle una explicación.

Tendría que ir a buscar una respuesta él mismo, allí, con Simón, en Jerusalén.

AMERICAN AIRLINES

VUELO 555

Steve cerró de golpe su portafolios por enésima vez y miró por la ventanilla del avión las nubes que había por debajo de él. ¿Por qué era de pronto tan difícil escribir a Sue? Siempre había podido sincerar sus sentimientos con ella, ¿por qué ya no lo conseguía? ¿Por qué seguía dudando de si su decisión de marcharse había sido la correcta? O ¿por qué tenía miedo de romper el fino hilo que les unía por una palabra equivocada? De verdad que no lo sabía. Volvería a intentarlo más tarde. Tenía tiempo de sobra antes de aterrizar en Tel Aviv.

—¿No sale nada? —preguntó su vecino.

—Demasiados pensamientos y muy pocas palabras —suspiró Steve.

—Me suena familiar. ¿Estás escribiendo un artículo?

—No, es algo personal, la escuela no tiene nada que ver en esto. Me he cogido un año sabático. ¿Y tú?

—Mis estudios acabaron. He estudiado Sociología en la universidad de Tejas en Austin. Ahora vuelvo a casa.

—¿Así que a Israel?

—Nací en Jerusalén Oriental. Me llamo Zacarías. Zacarías Sabella, pero todos me llaman Zachry. Encantado.

Steve estrechó la mano extendida.

—Encantado. Yo soy Steve Efran de Manhattan.

—¿Vas a Israel por primera vez?

—Sí. En realidad es una visita de familia al hermano de mi abuelo, mi tío abuelo, Simón. Le conozco solo por alguna nota en mi cumpleaños. Ya iba siendo hora de verle en persona. Por aquí tengo su dirección.

Abrió la mochila y sacó un sobre.

—Sí, aquí está. Vive en Katamón, un barrio de Jerusalén. Si no he entendido mal, no está muy lejos de la Puerta de Sión.

Zachry no reaccionó. Steve abrió la carta.

—Al parecer es una zona muy poblada. Según Simón lo mejor que puedo hacer es coger un autobús desde la estación central de Jerusalén en dirección a la Puerta de Sión o directamente con un taxi…

—Katamón está al sudoeste de Jerusalén —le interrumpió Zachry—. Sé exactamente cómo es ese barrio judío. No es necesario que me lo describas, de verdad.

Steve frunció el ceño. ¿A qué venía de repente aquel tono arisco?

—¿Zachry…?

—Zacarías y Margot, mis abuelos por parte de padre, proceden de Katamón, y mi padre también nació allí.

Su voz volvió a ser dulce de pronto.

—Entonces nos tropezaremos a menudo por allí en las próximas semanas o meses —sonrió Steve.

Zachry negó con la cabeza.

—No habrá muchas posibilidades de que eso pase —contestó—. Pocos miembros de mi familia siguen yendo allí, y menos mis abuelos o mis padres. Desde *al-naqba* solo han estado una vez en Katamón, pero ese tío abuelo tuyo no te habrá dicho ni mu acerca de eso.

Steve no creía lo que estaba oyendo. Miró atónito a su vecino. ¿Qué significaba todo aquello? ¿Qué demonios tenía que ver su tío abuelo con la familia de Zachry? ¿Y *al-naqba*? ¿Qué era eso? Steve nunca había oído esa palabra.

—De verdad que no sé a qué te refieres —dijo.

—No me sorprende —sonrió Zachry entre dientes—. A fin de cuentas vosotros sois así. Del pasado propio conocéis hasta los detalles más escabrosos y sois geniales llevando las cuentas, pero en cuanto a lo que han sufrido otros o bien se oculta o bien se adapta convenientemente a las llamadas historias heroicas, que despiertan admiración en todo el mundo.

Cada vez hablaba con más nerviosismo, casi ladraba. Steve se iba sintiendo más a disgusto por momentos.

—Ahora sí que no soy capaz de seguirte —dijo.

Zachry le miró directamente a los ojos.

—¿Quieres escuchar realmente?

—¿Por qué no?

—Mis abuelos, Steve, vivieron en Katamón hasta 1948. Con la proclamación del Estado de Israel tuvieron que dejar espacio para aquellos desgraciados judíos sin casa de Europa.

—¿Así que tú eres…?

—… un palestino. Sí, has adivinado bien. Y uno de pura «raza». ¿O quizás no puedo pronunciar esa palabra en presencia de un judío?

Steve se puso pálido como la cera. Un puñetazo en el estómago no le habría dolido más. Se quedó sin palabras por un instante. A continuación espetó su respuesta.

—Mi familia procede de Polonia. Mi abuelo y su hermano sobrevivieron a la Segunda Guerra Mundial, pero millones de su raza, por así decirlo, fueron eliminados sin piedad.

—Por los nazis, Steve, no por los palestinos. ¿Por qué tenemos que pagar nosotros por un drama en el que no tenemos nada que ver?

Steve se puso los cascos y subió a tope el volumen de la radio. Sus dedos toqueteaban todos los botones de la parte interior del reposabrazos hasta que al final se detuvieron en una canción que no había escuchado nunca, pero que le enganchó inmediatamente.

Hey there...
Tell me what's going on.
It's hard for me to feel you
when you're far away...

Ya llevaba siete horas lejos de Sue. Apenas cuatro horas lo separaban de Israel.

I would do anything just to know -
are you happy where you are?

Steve se repetía una y otra vez aquella pregunta, pero le costaba distinguir si se la hacía a Sue o a su tío abuelo Simón.

ISRAEL

En la sala de llegadas del aeropuerto de Ben-Gurión de Tel Aviv, Steve guardó una larga cola para el control de pasaportes. Zachry estaba dos puestos por delante de él. Desde su salida de tono en el avión no habían intercambiado una palabra.

—¿Pasaporte?

Zachry pasó toda su documentación de viaje por la ranura del cristal de la ventanilla.

Tras una inspección exhaustiva la mujer le pidió que deletreara su nombre.

—S-a-b-e-l-l-a. Se pronuncia con dos *aes* cortas —le oyó contestar Steve—. Está bien escrito en mi pasaporte, al menos en hebreo. Debo suponer, señora, que usted lee hebreo, ¿no?

Steve sonrió. Zachry no tenía pelos en la lengua.

—Yo soy la que hace las preguntas aquí —obtuvo como respuesta.

Tecleó algo en el ordenador.

—¿Eres árabe?

—Entre otras cosas. También soy palestino y habitante de Jerusalén.

La mujer de la ventanilla no hizo caso del último comentario. A continuación pulsó un botón y susurró algo a un guardia de seguridad que asintió y le cogió la documentación de viaje.

—Acompáñame —gesticuló hacia Zachry.

Zachry levantó la mochila y miró después por encima del hombro.

—Así funciona siempre —explicó—. Los habitantes de este país siempre tardan más en llegar a casa. Aquí les gusta abrir las fronteras a los extranjeros. Hace cincuenta años ya pasaba esto.

Sonrió entre dientes.

—En estos años parece que no se ha cambiado mucho.

Guiñó un ojo y siguió al guardia a una pequeña sala en la que mujeres y hombres palestinos con ropa tradicional veían desmoralizados cómo sus equipajes eran volcados en anchos recipientes de plástico. Cada pieza era sometida a un análisis exhaustivo.

Ante los ojos de Steve surgieron imágenes de *La lista de Schindler*, la película de Steven Spielberg sobre el Holocausto. Filas interminables de hombres, mujeres y niños se subían a un tren provisto de una estrella amarilla.

Sus maletas, en las que se había puesto minuciosamente su nombre y dirección, eran arrojadas a un gran montón.

—¿El motivo de su viaje, señor?

La mujer de la ventanilla selló su pasaporte.

—Ah, disculpe —balbuceó Steve—, estaba un poco distraído. ¿Qué es lo que quería saber?

—Le preguntaba el motivo de su viaje, señor.

—Principalmente una visita familiar y, además…, bueno, espero poder viajar un poco por el país y descubrir alguna cosa.

Ella sonrió.

—Bienvenido a Israel, señor Efran. *Enjoy your stay. Shalom.*

Diez minutos después el taxi tomaba la autopista en dirección a Jerusalén.

—¿Sabes el nombre de la calle y el número? —preguntó el taxista.

—Aquí lo tengo —contestó Steve.

—Bien. ¿Quieres ponerte el cinturón? Si no hay mucho jaleo estaremos en Katamón en menos de media hora.

—*Shalom*, Chaim. Bienvenido a Israel.

Un hombre con chaqueta negra, camisa blanca y un pantalón hasta las rodillas con calcetines gordos de lana estaba delante de él esperándole con los brazos abiertos. Tenía los mismos ojos gris verdoso de su abuelo Izzy, la misma frente alta, la misma constitución fina, pero era bastante más bajo.

—Hola, Simón. Me alegro de verte por fin.

Dio un largo y afectuoso abrazo al anciano.

A Steve le costó trabajo abrirse camino con su equipaje por el estrecho pasillo, que estaba hasta los topes de grandes cajas de cartón y madera. ¿Estaban en plena mudanza? En el salón había niños pequeños con *kipás* negras mirándole. Niñas con vestidos largos y el pelo trenzado le sonreían con timidez. Steve se sentía un completo extraño con sus pantalones vaqueros y su camiseta sin mangas. Se quitó rápidamente las gafas de sol de cristales morados.

Un joven, la viva imagen de Simón, le estrechó la mano.

—Así que tú eres Chaim, el nieto de Isaac de Manhattan.

Steve asintió, si bien tenía que acostumbrarse a su nombre judío que sí constaba en su pasaporte pero por el que nunca le llamaban en América.

—Yo soy Amos, el hijo mayor de Simón. Estas son mi hermana Raquel, Naomi y Shoshana y todos nuestros hijos.

Steve dio la mano a todos intentando memorizar los nombres.

—¿Vivís todos aquí? —preguntó asombrado.

Solo los niños negaron con la cabeza.

—Chaim —rió Simón—, adoro a todos mis nietos, pero no sobreviviría si les tuviese todos los días a mi alrededor.

—Lo entiendo —asintió Steve.

—La comida está lista.

Shoshana dio unas palmadas.

—Vamos, a la mesa.

Se organizó un buen jaleo. Cuando todos hubieron conseguido un sitio a la mesa, Simón metió las manos tres veces en agua y entonces ocupó la cabecera de la mesa. Señaló a Steve una silla a su lado.

—Gracias, Simón. ¡Qué buena pinta tiene! ¿Son todas recetas de la cocina *yidish?*

Nadie dijo nada, pero todos los ojos se dirigieron a él inmediatamente. Los niños más pequeños hicieron gestos de asombro. Steve entendió que había dicho algo inconveniente, pero no tenía ni idea de qué podía ser.

Shoshana se llevó enseguida un dedo a los labios para dejarle claro que tenía que guardar silencio. Cuando estaban todos a la mesa, Simón pronunciaba la bendición del pan y daba a cada uno un trozo.

—Seguimos las tradiciones —explicó—. No hablamos durante la purificación y la bendición de *Hamotzi*.

«Bendición de *Hamotzi* —pensó Steve—. ¿Oí algo de eso durante la preparación de mi *bar mitswa*?» En cualquier caso poco, y deseaba que no esperaran nada especial de él. En casa, en Manhattan, no tenían la costumbre de bendecir nada. Podía imaginarse las caras de sus hermanas si alguien propusiese algo así.

Deborah, la hermana mayor de Raquel, que era más o menos de su edad, se dio cuenta de su desconcierto.

—Ya te lo explicaré todo después —masculló—. Cuéntame ahora algo de la vida en Manhattan. ¿Tienes novia? ¿Cómo es? ¿Cómo se llama?

—¿Te has traído fotos? —pregunto Simón.

—¿Cuánto tiempo te vas a quedar con nosotros, Chaim?

—¿Quieres estudiar en Jerusalén? —quiso enterarse Amos.

—¿Vas a dormir en nuestra habitación? —preguntó el pequeño Yossi.

—Nosotros vivimos en la Ciudad Vieja —dijo Deborah—. Vendrás a visitarnos a menudo, ¿no?

Las preguntas no paraban de llegar en inglés, en hebreo, en *yidish*. No lo entendía todo ni mucho menos y a veces no sabía en absoluto qué responder. Los más de cincuenta años de separación habían distanciado totalmente a ambas familias.

—Mi querida Sue —murmuró por la noche antes de dormirse—, la familia Ephraim de Jerusalén es tan distinta de los Efran de Manhattan... Y no solo estoy hablando del cambio de nombre. Aquí viven en un mundo totalmente diferente, un mundo que encaja más con la Polonia del siglo pasado que con el moderno Israel actual. Me será difícil adaptarme aquí. Soy consciente de ello. A lo mejor me ves de vuelta mucho antes de lo que jamás hubieras podido suponer.

Aquella noche Steve soñó con dos hermanos, Isaac y Simón Ephraim, que escapaban de soldados con fusiles y perros que ladraban exaltados. Llamaban a todas las casas de la calle y suplicaban a vecinos y conocidos que les dejaran entrar, pero todos giraban la cabeza y les cerraban la puerta en las narices.

Entonces apareció Zachry Sabella. Gritó algo a los hermanos agitando unos pasaportes. Isaac miró en su dirección, dudó y después fue hacia él. Simón dio la espalda a Zachry y se alejó corriendo por el campo polaco.

Invierno, 1949

AL-QUDS, CIUDAD VIEJA

—Marj al-Zuhour, mi pequeño tesoro, eres una niña increíblemente guapa. ¿Lo sabías?

Fahkri acarició con el índice las mejillas de su hija recién nacida.

—¿Marj al-Zuhour? —repitió Margot sorprendida—. Nunca había oído un nombre tan raro.

—Nos lo hemos inventado Fahkri y yo —respondió Salwa—. Un campo lleno de flores... ¿No suena precioso?

Margot dudó.

—En realidad, sí, pero ¿por qué no la has llamado Fadwah como tu madre?

—Marj al-Zuhour es el único nombre que podemos darle —contestó Fahkri—. Nuestra hija ha nacido aquí, en Al-Quds, pero siempre será una niña de Barfylia. Allí, en nuestro huerto, ella...

Las campanas de la iglesia del Santo Sepulcro y la llamada del muecín en el minarete taparon el resto de su explicación. El bebé, en los brazos de Fahkri, se asustó del jaleo. Arrugó la naricilla y empezó a llorar mucho. Salwa rodeó protectora la cabeza de su primogénita con las manos.

—Sea como sea tendrá que acostumbrarse a los sonidos de la Ciudad Vieja —gruñó Zacarías.

—En absoluto —protestó Fahkri—. Mi hija cantará dentro de poco con los pájaros de nuestro huerto y yo cortaré cada mañana la flor más bonita de nuestro pueblo para ella.

Zacarías negó con la cabeza.

—Tú sueñas en voz alta, Fahkri.

—¡Eso lo dirás tú! Soy perfectamente consciente de lo que digo.

Zacarías se encogió de hombros y siguió hojeando el periódico. Fahkri podía llegar a ser muy cabezota a veces y en esas ocasiones cualquier conversación sensata quedaba descartada.

—Ninguno de nosotros puede echar raíces en estas frías piedras. ¿Cómo puedes entonces exigírselo a un bebé?

Las palabras de Fahkri resonaron con fuerza en las paredes desnudas. Salwa se sonrojó y miró avergonzada al amigo que con tanto calor les había recibido en la casa en la que apenas contaban él y su familia con tres habitaciones.

—Nuestras raíces están muy profundas en el suelo de Barfylia, como los olivos de nuestro huerto.

Salwa contuvo la respiración. Sentía como nadie cuándo su amor se sumergía en su propio e inalcanzable mundo. Había esperado que con el nacimiento de su hija él se desprendiera un poco más de su pasado, pero él había reaccionado aún con más brusquedad que antes.

—El campo con las flores moradas, blancas y amarillas tiene que convertirse en su patio de juegos. No quiero verla deambulando por estos pestilentes y grises callejones.

—Fahkri, para ya —pidió Salwa.

—Este bebé será la niña más bonita de Barfylia —siguió diciendo—. ¿Ves esos destellos en sus ojos? No querrás que se apaguen entre estas murallas, ¿no?

—¿Alguien te obliga a quedarte aquí? —preguntó Zacarías con frialdad.

Fahkri estiró callado de un pico de su *kefiyyah* y miró por la ventana.

—Nos iremos en cuanto podamos —mascullό Salwa.

Zacarías y Margot salieron en silencio.

—Me alegra que al menos tú me comprendas —suspiró Fahkri aliviado.

Salwa ocultó su cara contra el cuerpo rollizo de su hija para que Fahkri no pudiera leer la mentira en sus ojos.

Las pequeñas y grandes ruinas de la guerra de la independencia israelí de 1948 seguían dispersas por todas partes en el destruido barrio judío. Desde el ventanuco de la casa de Zacarías, Salwa miraba cada mañana a aquella parte agujereada de Al-Quds. Detestaba aquellos testigos silenciosos de la violencia y el odio. Pero mientras alimentaba a su hija seguía los primeros rayos de sol que se deslizaban lentamente por las cúpulas de las iglesias y mezquitas y deseaba ver a Marj al-Zuhour creciendo a la sombra de aquellos edificios sagrados.

Desde el momento en el que ella, hacía medio año más o menos, había entrado en la Ciudad Vieja cruzando la Puerta de Damasco, había amado Al-Quds. Los muros macizos le habían proporcionado inmediatamente una sensación de seguridad y en el laberinto de callejas y callejones había descubierto incontables refugios en los que, si fuese necesario, podrían esconderse de los fusiles de los soldados. A su hija no la abatirían sin más como a su hermano pequeño. En el campo abierto de Barfylia, Ahmad había sido un blanco demasiado fácil. Por eso no quería volver a su pueblo natal. Claro que sentía nostalgia del amado paisaje de Barfylia. Cada vez que se dejaba demasiado dinero en el bazar por unas naranjas mediocres, saboreaba con el pensamiento los jugosos cítricos que solo había que coger del huerto. Y cuando se acordaba de gente del pueblo le asomaban lágrimas en los ojos. No tenía ni idea de qué había sido de ellos. ¿Cuál de sus amigos habría sobrevivido a *al-naqba*? ¿Cuántos seguirían en campos de refugiados y estarían allí quizá muriendo, enfermos y agotados?

Barfylia se iba muy pocas veces de su pensamiento pero, en comparación con tantos otros palestinos, ella y Fahkri habían tenido una suerte enorme con los Sabella. Margot y Zacarías pertenecían a una familia distinguida de los palestinos cristianos que llevaba viviendo durante generaciones en Al-Quds. Eran los mejores amigos que se podía desear y, a pesar de sus propios problemas, les habían abierto su casa. ¿Por qué Fahkri lo ponía tan difícil? ¿Por qué seguía quejándose del escaso espacio en el que vivían con la familia Sabella? Era verdad que las habitaciones eran demasiado pequeñas, pero el suelo de piedra ofrecía una protección mucho mejor que una lona, ¿no? Además, los Sabella eran personas cariñosas que hacían todo lo posible para ofrecer un nido cálido a Marj al-Zuhour, mientras que mamá y *baba,* en el campo de refugiados, estaban rodeados por desconocidos de los destruidos pueblos palestinos.

Marj al-Zuhour apartó el pezón del que había bebido, pero su boca buscaba más. Salwa le puso el otro pecho, pero la pequeña giró la cabeza y empezó a llorar. Para no despertar a los demás que había en la habitación, Salwa susurró palabras tranquilizadoras y le acarició la barriguita. La niña no tenía suficiente para alimentarse, pero Salwa intentaba retrasar el momento de destetarla. Mientras le diese el pecho tenía una buena razón para seguir en Al-Quds, pero era consciente de que el tiempo empezaba a apremiar en serio.

—Querida, ¿puedo soñar contigo?

Salwa se asustó al sentir la mano de Fahkri sobre su hombro. Ni tan siquiera había notado que estaba despierto.

—Yo… acabo de dar de comer a Marj al-Zuhour. Ahora quiere volver a dormirse.

Fahkri rodeó con los brazos a su mujer y a su hija.

—Cuéntamelo —pidió—. Me gusta tanto oírlo.

—Chist.

Salwa se puso el dedo en los labios y señaló a los hijos de Margot que estaban enroscados uno contra el otro, como gatitos, en la cama grande del rincón de la habitación.

—Lo leo en tus ojos —susurró Fahkri—. Estabas soñando con Barfylia. Los tres estábamos sentados bajo un limonero. Marj al-Zuhour le sonreía a una mariposa y yo cogía flores blancas para ti. Volvíamos a estar en casa.

«No —pensó Salwa—. No puedo soportarlo más. Tengo que aclararlo. ¡Ahora mismo!»

—Fahkri, ya no quedan flores en Barfylia. Marj al-Zuhour es nuestro único campo de flores, aquí, en Al-Quds.

Salwa se soltó del abrazo y metió a la niña en la cuna. Los ojos de Fahkri le quemaban en la espalda. Sabía que le había herido muchísimo y un dolor agudo le cortaba el cuerpo. Cuando oyó la puerta cerrarse de golpe se sobrecogió. Le había quitado a Fahkri su sueño y se preguntaba si se lo perdonaría algún día.

La calle Al-Wad estaba desierta cuando Fahkri se dirigió aquella mañana hacia la Puerta de Damasco. Hacía un tiempo espléndido, pero gélido. Se apretó el cinturón de su abrigo de lana y aceleró el paso. Justo antes de la puerta maciza se metió en un callejón y se tapó parte de la cara con su *kefiyyah.* Entre la cuarta y la quinta casa pasó por delante de un estrecho pasadizo en el que había todo tipo de basura. Antes de abrirse camino hasta la puerta que estaba al final del todo, se dio la vuelta y escudriñó el muro a la izquierda de la Puerta de Damasco, que formaba la separación entre la parte israelí y la jordana de la ciudad. Desde *al-naqba,* Al-Quds se había convertido en una ciudad dividida. Los judíos habían querido anexionarse Jerusalén totalmente, pero no lo habían conseguido. *¡Inch Allah!* Al menos la Ciudad Vieja había escapado de sus garras, pero ¿por cuánto tiempo? Fahkri sabía que los israelíes harían todo lo posible para volver a descansar sus manos en las piedras del Muro de las Lamentaciones. Por eso los palestinos tenían que seguir alerta. Más aún, tenían incluso que combatir a los israelíes. Además, los palestinos tenían que seguir luchando por su propio pueblo, que amenazaba con morir en los campos de refugiados o quizá simplemente con desaparecer entre los habitantes de Líbano, Siria y Egipto. Fahkri odiaba a los judíos, pero al mismo tiempo le seguía sorprendiendo su increíble tenacidad. Viviesen en la parte del mundo que viviesen, seguían siendo ellos mismos, mientras que los palestinos... Palestina había dejado de existir oficialmente. Él mismo se había convertido en un ciudadano jordano, como cualquier palestino que viviese en la orilla occidental del Jordán. Se habían vuelto más árabes que palestinos y la mayoría parecía resignarse. Incluso su propia y querida Salwa.

«Ya no quedan flores en Barfylia...»

Toqueteó la llave de casa que colgaba de su cuello, vio a Ahmad con su pelota, recordó la fosa en la que estaba enterrado...

—No, Salwa —murmuró—. No puedo ni quiero seguirte pasada esta frontera.

Dos segundos más tarde llamó a la puerta con decisión.

—¡Fahkri! ¿Tan temprano?

—Quiero hablar contigo, Husam.

—Bienvenido, hermano.

Margot y Salwa buscaban fruta y verdura en el bazar. Lo hacían casi todas las mañanas. Era todo un trabajo comprar comida para una gran familia, pero Salwa disfrutaba de cada paseo con Margot y sus hijos. Los tres hermanos, Tarek, Isa y Fuad, estaban locos por Marj al-Zuhour, pero era Fuad sobre todo, un párvulo de cuatro años, el que quería a la niña solo para él. Siempre estaba a su lado y la llamaba Zuzou. Cuando lloraba le frotaba la barriguita y hacía muecas hasta que volvía a sonreír. La cuna de Marj al-Zuhour estaba junto a la gran cama que Fuad compartía con sus hermanos y antes de dormirse le contaba cuentos en su propio lenguaje infantil. Ahora volvía a agarrarle la mano con fuerza mientras ella dormía en su carro.

—Ahora son como dos angelitos de una estampa —sonrió Salwa—, pero espérate un par de años. ¿Qué te apuestas a que estos dos se vuelven los golfos más grandes del barrio?

—Mientras se defiendan el uno al otro no tendremos de qué preocuparnos —contestó Margot—. Así siempre se las arreglarán.

Apretó suavemente la mano de Salwa.

—Me parece fantástico que podamos vivir con vosotros, Margot. En serio. Os estaré eternamente agradecida.

—Lo sé, cariño.

—Mi madre me ha escrito desde Kalandia. Allí tienen una situación terrible. No me atrevo ni a pensar que tuviéramos que vivir en un campamento de tiendas con Marj al-Zuhour. Allí mueren bebés todos los días y ni siquiera tienen medicinas suficientes para los niños enfermos.

—En comparación con la mayoría de los refugiados, aquí lo llevamos bastante bien —reconoció Margot—. ¿Sabías que después de nuestra huida de Katamón y después de la vida del campo en el Líbano pensé que nunca nos las apañaríamos con niños pequeños en tres pequeñas habitaciones en la Ciudad Vieja?

—¡Y encima nos habéis acogido a nosotros!

Margot sonrió.

—Sois los únicos amigos musulmanes que tenemos. Una amistad tan excepcional hay que mimarla.

—No comprendo por qué Fahkri lo pone tan difícil —suspiró Salwa.

Margot miró hacia otro lado.

—¿Pasa algo? —preguntó Salwa.

—En realidad, no, pero Zacarías...

—Me he dado cuenta —la interrumpió Salwa—. Fahkri le pone de los nervios.

—No lo malinterpretes —dijo Margot—. Cuando Zacarías se enteró de que estabais en Kalandia y que estabas embarazada propuso inmediatamente que viviérais con nosotros.

Salwa asintió.

—Para nosotros era natural —explicó Margot—, pero no fue así para los padres franciscanos que nos dieron las habitaciones. Zacarías habló con ellos y al final estuvieron de acuerdo, pero... nosotros tampoco lo hemos tenido fácil y Fahkri... él no es la única víctima de *al-naqba*.

—Eso es lo que intento explicarle todos los días, pero Barfylia es simplemente una obsesión para él.

—Solo podemos rezar y esperar que él...

—No puedo soportarlo más, Margot. Esta mañana se lo he dicho. Nunca volveré a Barfylia.

—¿Por eso se ha ido tan temprano?

Salwa asintió.

—No me preguntes adónde porque no lo sé. No me ha dicho nada y eso me da mucho miedo.

Margot abrazó a su amiga.

—Volverá —la consoló—, por ti y por Marj al-Zuhour. Estoy segura. Fahkri os quiere muchísimo a las dos.

Salwa asintió, pero sabía que su rabia y su sentimiento de venganza eran más fuertes. Del fusil que se había traído de Barfylia, y ahora había desaparecido, no se atrevió a decir una palabra.

—¿Has cambiado de idea? —preguntó Husam.

—Sí y no —contestó Fahkri.

—Entra.

Husam arrastró una segunda silla a la mesa y echó agua hirviendo sobre algunas hojas de hierbabuena. Sacó un montón de panes de pita de una bolsa de papel que puso al lado de un plato con *hummus* y aceite de oliva.

—Un trago de té bien caliente y un par de bocados de mi pan recién hecho y volverás a pensar con claridad —rió Husam.

Fahkri masticó despacio un trozo de pan y estudió atentamente al hombre que tenía sentado enfrente. Recordaba con exactitud cuándo había visto a Husam por primera vez. Fue en la tarde de un día sofocante. Salwa y Margot querían hacer pasteles de frutas pero tenían muy pocas ciruelas y manzanas. Por eso había corrido al bazar para buscar algo de fruta. Habían quitado la mayoría de los puestos y la elección había sido muy limitada. Cuando por fin hubo llenado la cesta de la compra con ciruelas pequeñas y arrugadas y manzanas pasadas le pidieron tanto dinero que se puso a llamar a gritos carero y estafador al vendedor.

—¿Cómo te atreves? —había gritado—. En Barfylia ni se nos ocurriría traer algo así al mercado, y mucho menos pedir dinero por ello.

Después había volcado la bolsa y se había ido furioso. Una calle más allá el vendedor le había alcanzado y explicado que los judíos también habían robado en su huerto. Cuando Husam le había propuesto trabajar con él sus tierras, sus huertos, recuperar sus casas, Fahkri le había preguntado sorprendido cómo pensaba hacerlo. Husam le había garabateado su dirección en un trozo de papel. Fahkri no había hablado con nadie de su extraño encuentro, pero una semana después había ido a visitar a Husam. Después de un intercambio de nimiedades sobre el trabajo en campos y huertos, Husam le había contado cosas sobre amigos en los campos de refugiados que, como él, ya no creían en la ayuda de otros países árabes. Husam había montado su puesto de frutas y verduras en el bazar para entrar en contacto con palestinos que compartían sus ideas y querían echar una mano para expulsar a los judíos del suelo palestino. Al principio Fahkri había descartado los planes de Husam como sueños absurdos. ¿Cómo iba a combatir una banda de palestinos a los poderosos judíos? Pero Husam le había estado convenciendo durante horas y le había explicado que tenían que empezar con pequeños grupos que más adelante se pudieran unir hasta formar una gran organización para liberar Palestina.

—¿Cómo crees que lo han hecho los judíos para derrotarnos? —había repetido una y otra vez—. También han levantado grupos clandestinos armados, ¿no? ¿O ya se te ha olvidado que volaron el cuartel general británico en el hotel Rey David?

Husam le sirvió otra taza de té.

—Fahkri, veo que dudas, pero por primera vez también leo algo diferente en tus ojos. ¿Qué ha pasado? ¿Por qué te has traído el fusil?

—Porque... porque se olvidan del pequeño Ahmad. Todos. Incluso Salwa.

—Tú no.

—¡Nunca! Nunca podré olvidarle porque todos los días veo a ese niño desplomándose, Husam.

—Entiendo, entiendo —asintió Husam—. Eres un verdadero amigo.

Le dio unos golpes en la espalda y quitó el fusil de la mesa como si temiese que Fahkri volviese a cambiar de opinión. Lo envolvió en un saco de yute y lo escondió debajo de unas cajas con restos de verdura en un rincón de la habitación.

—Venceremos a esos malditos judíos con sus propias armas, Fahkri. ¿No es una broma estupenda?

Fahkri removía su taza de té.

—Matar a alguien no es ninguna broma —contestó—. Yo... no podría hacerlo.

—Tampoco te lo pedimos —le tranquilizó Husam—. Te necesitamos para otras cosas.

—¿A qué te refieres?

—Ahora no te puedo explicar mucho, pero necesitamos a gente como tú para establecer contactos en los campos de refugiados. Ya te daré más información más adelante. Ahora tengo que ir al bazar. Mis clientes me esperan.

Le guiñó el ojo a Fahkri y le empujó a la calle.

—Me alegro de que podamos contar contigo, Fahkri. Gracias de antemano en nombre de todos nuestros hermanos palestinos.

Antes de darse cuenta, Fahkri volvía a estar en el callejón. Muy pocas veces se había sentido tan agotado.

Octubre, 1996

JERUSALÉN, CIUDAD VIEJA

El pequeño piso de Simón, en el barrio judío de la Ciudad Vieja, parecía un invernadero. El sudor le chorreaba por las sienes cuando metió a rastras la última caja de cartón en el comedor. Se secó la cara con el bajo de la camiseta, le dio un trago a una botella de plástico y se echó el resto del contenido por la cabeza.

—Para morirse —gimió—. ¿De quién ha sido idea esta mudanza? Y ¿por qué tenía que ser precisamente hoy, con un bochorno de más de 34 °C?

—El abuelo Simón quería tenerlo todo arreglado antes de las próximas fiestas —sonrió Debbie.

Steve se vació otra botella en la espalda. Aäron y Yossi, los hermanos más pequeños de Debbie, de cuatro y seis años, se partían de risa. Dos segundos más tarde estaban enredados en una furiosa guerra de agua. Las *kipás* se les cayeron de las cabezas rizadas y llevaban las camisetas empapadas sobre los cuerpos delgados.

—¡Ya basta! —se interpuso Raquel.

Cogió al más pequeño en brazos y sentó a Yossi de un empujón en una caja de madera, en un rincón de la habitación.

—Tú te quedas ahí sentado hasta que encuentre una toalla. ¿Entendido?

—Chaim también lo ha hecho —se quejó.

—Ya lo he visto, y él también tiene que dejar de hacerlo. Deborah, ¿te encargas de echar un ojo mientras tanto?

—Vale, *ima*.

Debbie le guiñó un ojo a Yossi cuando su madre bajó por la escalera.

—¿Y a mí qué me toca, desembalar o estarme quieto? —bromeó Steve.

—Si me cuentas todo lo de tu amiga de Nueva York, por mi parte puedes tomarte un respiro.

Steve se rió. Debbie llevaba días intentado sonsacarle cómo era su relación con Sue, pero le había revelado poco o nada. Ni él mismo sabía muy bien por qué. A fin de cuentas, Debbie era la única de la gran familia con la que tenía trato realmente. Hablaba un inglés fluido, era bastante crítica y su interés iba más allá de los preceptos religiosos en los que tanto se concentraba el resto de los miembros de la familia. Ella, además, siempre le llamaba por su nombre inglés, mientras que los demás insistían en seguir llamándole Chaim.

—Te escucho, Steve.

—Santo cielo, Debbie, no te rindes fácilmente, ¿eh?

—Ni lo dudes.

Sus ojos grises no le perdían de vista.

—Bien —suspiró—, me temo que tendré que decepcionarte. No hay mucho que contar. Sue y yo hemos roto definitivamente.

—No te creo. Me estás intentado convencer de algo que no es.

—¿Por qué iba a hacerlo? Me lo ha comunicado a principios de semana por *e-mail*.

Rió entre dientes.

—La verdad es que cómodo sí es. Ya no tengo que correr todas las mañanas hasta el Internet-café y puedo pasarme más tiempo en la cama.

—¿Steve?

—Mmm.

—Echas mucho de menos a Sue, ¿eh?

Le sorprendió la pregunta directa. ¿Acaso iba mostrando sus sentimientos? ¿O es que Debbie podía leer los pensamientos? No contestó, pero con el índice escribió «SUE» en la capa de polvo de una caja de cartón que tenía al lado.

—No te entiendo —dijo ella.

—Pues no es difícil. Hemos sido los mejores amigos durante mucho tiempo, pero ya no lo somos. Así de simple.

—¿Y por qué no haces nada para remediarlo?

—Debbie, para ya. Desde que estoy aquí le he escrito varias veces y le he mandado un *e-mail* cada día. Más no puedo hacer, ¿no?

—Yo creo que sí.

—Cuéntame tu remedio —le soltó—. Estoy muy intrigado.

—¿Por qué no la invitas? Aquí siempre habrá un sitio en el que pueda quedarse.

Steve sonrió.

—Qué amable.

—Pero ¿qué? —insistió.

Steve negó con la cabeza.

—No conoces a Sue. Nunca se acostumbraría a esto.

—¿Y tú sí?

Steve levantó asombrado la vista, pero bajó los ojos inmediatamente ante su mirada inquisitiva.

—Vosotros... vosotros sois mi familia —contestó esquivo—, e Israel llevaba mucho tiempo ocupando el primer puesto en mis prioridades.

—Pero te está decepcionando mucho.

—¡Yossi!

El grito de Raquel fue desgarrador. Debbie y Steve se levantaron al tiempo de un salto y miraron horrorizados el fusil que el niño tenía en las manos.

—Para Chaim —dijo con toda la naturalidad yendo con el arma hacia Steve—. Me lo he encontrado allí.

Señaló una de las cajas que había abierto.

—Deborah, ¿cómo puedes ser tan estúpida? —le reprochó Raquel a su hija—. ¿Es que no tienes ni una pizca de responsabilidad?

—*Ima*, yo...

—No busques excusas. Veo lo que veo. Esperaba otra actitud de alguien que tiene dieciocho años. Me voy con los niños. Te espero en casa en cuanto acabes de recoger.

Raquel no le dirigió a Steve ni una mirada y desapareció. Deborah ni se inmutó.

—¿Qué hago con esto? —preguntó Steve.

El fusil le pesaba en las manos.

—Vuelve a meterlo en la caja —dijo Deb, encogiéndose de hombros.

Steve no podía creer lo que estaba oyendo.

—¿Sin más?

—Sí, sin más.

—Deb, lo que estás diciendo es simplemente ridículo —protestó—. Estamos hablando de un arma.

—¡Pues explícaselo a los demás! —le espetó—. A mí no tienes que convencerme.

Steve le agarró la mano.

—¿Qué pasa, Deb? ¿Por qué eres tan sarcástica? ¿De quién es esta arma?

Ella miró para otro lado.

—Del abuelo Simón —contestó en voz baja.

Steve iba de sorpresa en sorpresa.

—¿De Simón? ¡Venga ya, Deb! ¡No puede ser! ¡Imposible!

—Aquí todo es posible. El tío Amos también tiene una, como todos los colonos judíos de los asentamientos. ¿O es que no te has fijado cuando deambulas por ahí? ¿Todavía no te has dado cuenta de que los soldados no son los únicos que pasean armados?

Fue hacia la cocina donde, en silencio, guardó los platos en dos armarios diferentes tal y como manda la ley judía en las tareas domésticas. Deb volvía a ser de pronto Deborah Ephraim. Distante y difícil de escrutar como el resto de su ortodoxa familia judía.

La sinagoga estaba a rebosar de creyentes cuando el oficiante inició la oración de *Kol Nidré* en la noche anterior a *Yom Kippur*. El hombre tenía una voz maravillosa y Steve escuchó conmovido el solemne himno de inauguración del Día de la Expiación. Desde su *bar mitswa* había asistido al oficio todos los años con su padre y su abuelo en una sinagoga de Manhattan, porque no dejaba de ser una costumbre familiar, pero el acontecimiento en sí nunca le había llamado la atención. Allí, en Jerusalén, al lado de Simón, lo vivía de otra forma. Había un ambiente muy especial en la pequeña sinagoga y por primera vez sintió la necesidad de, junto al resto, pararse un momento en todo lo que había ido mal desde el año anterior. Aquello le llevó inmediatamente a Sue. Si bien nunca había tenido la intención de herirla, sabía que le había hecho daño. Debbie pensaba que no debía rendirse, pero ¿acaso no había hecho suficientes intentos para explicárselo a Sue? Si ya no estaba dispuesta a ello, le parecía que una reconciliación quedaba descartada sin más. Las dos partes deben poner su granito de arena, ¿o no?

Steve fue consciente en aquel momento de lo difícil que era la reconciliación en realidad. También se preguntaba cómo se sentirían Simón y el abuelo Izzy en un día como ese. Tenían que estar pensando el uno en el otro, no podía ser de otra forma, ¿no? A lo mejor aquello servía de punto de partida para tratar con Simón ese pequeño fragmento desconocido de la historia familiar. En cualquier caso merecía la pena intentarlo, pero dudaba muchísimo que algún día llegase a averiguar qué era lo que había sucedido realmente. Y además estaba lo del arma. ¿Qué explicación le daban a eso? ¿Cómo encajaba aquello en la forma de vida ortodoxa y en los preceptos religiosos de Simón y Amos? Aún quedaban muchas cosas por averiguar. Cuanto más tiempo pasaba con su familia, más preguntas le surgían y menos los entendía. Debbie había dado en el clavo, nunca se acostumbraría a vivir allí. Pero emocionante sí que era.

Veinticinco horas de ayuno y rezos habían agotado a Simón. Estaba con los ojos cerrados en el sillón junto a la ventana; las manos cruzadas en el regazo, un libro de rezos abierto en la mesita de al lado, sus gafas encima. La escena podría trasplantarse sin más a Manhattan, al piso del abuelo Izzy. Él también solía sentarse por las noches en una butaca de alto respaldo y dormitar sobre un libro o un periódico. Steve volvió a sentirse impresionado por el gran parecido entre los dos hermanos.

—¿En qué piensas? —preguntó Simón sin abrir los ojos.

Steve se sintió sorprendido. Tardó en encontrar una respuesta.

—¿Sigue Isaac rezando en la sinagoga?

—En las grandes festividades vamos los tres a la sinagoga: el abuelo, papá y yo.

Simón asintió.

—Antiguamente, Isaac nunca necesitó un libro de rezos. Se los sabía todos de memoria; todas las oraciones: en *yidish*, en hebreo... Mi hermano era un maestro en el análisis de los textos sagrados.

Steve fue de repente todo curiosidad. ¿Que el abuelo Izzy lo sabía todo sobre las oraciones? Sonaba tan increíble. Claro que sabía que el abuelo nunca cogía un libro durante una celebración, pero siempre lo había achacado a su mala vista o a su limitado interés por todo lo que tuviese que ver con las leyes y usos judíos. Steve se acordaba perfectamente de la preparación de su *bar mitswa* hacía siete años. Había dado tantísima lata a la hora de descifrar los textos hebreos que el rabino le había obligado a asistir a clases particulares. Sus padres habían buscado durante mucho tiempo a alguien que le pudiera ayudar y que no viviese muy lejos del barrio, pero no habían encontrado a nadie por lo que, al final, su propio padre había dirigido el estudio. Y resulta que el abuelo Izzy que vivía dos bloques más allá...

—No tenía ni idea de que el abuelo...

Simón encendió la lámpara y volvió a leer un fragmento de la larga oración de despedida de la festividad del día anterior:

Adonai, nos has otorgado con amor este día del Gran Perdón como expiación y perdón de todos nuestros pecados, para que contengamos nuestras manos injustas y las volvamos hacia Ti para cumplir tus leyes de todo corazón.

Cerró el libro de rezos y volvió a dejarlo en la mesa.

—Todas las noches rezo este fragmento —dijo—, especialmente por Isaac.

La voz le temblaba.

—¿Qué hora es allí en este momento? ¿Poco más de mediodía?

Steve asintió.

—Más o menos, sí.

—*Yom Kippur* ha vuelto a pasar, Chaim.

El anciano se levantó del sillón.

—Es hora de descansar. Buenas noches.

—Simón, ¿vosotros por qué...?

—Hoy no, Chaim. Después. Quizá.

Cerró la puerta del dormitorio tras de sí.

Steve salió a la pequeña terraza que daba a la plaza del mercado del barrio judío.

Salvo por algunas personas, estaba desierta. El silencio después de las fiestas era palpable.

—*Yom Kippur* ha vuelto a pasar... vuelto a pasar... a pasar —se repetía las palabras de su tío abuelo.

Para los judíos creyentes, Dios había vuelto a cerrar el libro en el que estaban escritas las acciones de los hombres. En los diez días anteriores habían tenido todas las oportunidades posibles para reconciliarse con sus enemigos, de pedir perdón a las personas a las que habían herido. Simón y su familia habían pasado horas en la sinagoga, pero nadie había cogido el teléfono después de la oración para llamar a Manhattan.

El Día de la Expiación parecía, en efecto, haber pasado.

Primavera, 1956

AL-QUDS, CIUDAD VIEJA

—Chist —les susurró Salwa a Fuad y a Marj al-Zuhour—, no gritéis tanto. Zacarías quiere descansar.

—¿Entonces podemos jugar en la calle? —preguntó Fuad.

Salwa dudó.

—¿Prometéis quedaros por aquí cerca?

—Siempre lo hacemos —contestó—. Venga, Zuzou.

Empujó apresuradamente a su amiga delante de él y antes de que nadie pudiera decir nada habían desaparecido. Cuando salían corriendo del callejón se chocaron con Fahkri.

—Un momento, ¿adónde vais?

Fahkri intentó detener a la pareja, pero se le escurrieron por debajo de los brazos.

—Vamos a jugar —contestaron eufóricos.

Fahkri llegó a casa en un par de pasos.

—Salwa, no quiero que los niños deambulen por la calle. Ya te lo he dicho otras veces.

Tiró el periódico y la chaqueta sobre la cama.

—A los niños de seis y diez años no se les puede tener todo el día en casa —contestó Salwa—, pero estáte tranquilo, esos dos no se perderán de vista el uno al otro.

—Sigue siendo peligroso —bramó Fahkri—. En algunas calles siguen quedando escombros. Los pequeños pueden hacerse daño con facilidad.

—Me conmueve tu repentina preocupación —se burló Zacarías.

—No quiero que a mi hija le pase nada.

—Fuad también está con ella —reaccionó Margot acalorada.

Fahkri se encogió de hombros y miró en silencio por la ventana. Tironeó de un pico de su *kefiyyah.*

—¿O es que tienes miedo a que los niños descubran algo si se van más lejos a jugar? —preguntó Zacarías.

Salwa frunció el ceño. La pregunta tenía algo que la incomodaba, pero no sabía explicar exactamente qué es lo que era.

—Y, ahora, ¿qué te pasa? —sonrió Fahkri entre dientes.

—No te hagas el tonto, Fahkri.

—En serio, no sé de qué estás hablando.

Zacarías se incorporó de golpe y enganchó a Fahkri por encima de la mesa mientras la silla caía ruidosamente al suelo.

—Deja ya ese jueguecito —gritó—. Sabes muy bien a qué me refiero. Sé con quién merodeas por aquí y todas tus visitas a Kalandia encajan perfectamente en el esquema.

Fahkri se soltó.

—No estás bien de la cabeza, Zacarías. ¿Qué hay de malo en mis visitas a Kalandia? Mis padres y el resto de la familia siguen atrapados en ese campamento. ¿Es que no tienen derecho a que su hijo mayor les haga una visita de vez en cuando?

—¡No son visitas familiares en absoluto! Vas por encargo de Husam.

La *kefiyyah* se quedó inmóvil entre los dedos de Fahkri. Se le fue todo el color de la cara. Sus ojos se cerraron hasta ser meras rayas.

—¿Así que me espías?

—Pues no —contestó Zacarías—, pero lo sé.

—Yo voy con quien quiero —contestó Fahkri.

—Exactamente —asintió Zacarías—, y yo elijo a mis amigos; pero no quiero poner en peligro a mi familia con tus jueguecitos. Si no dejas de hacerlo, te vas de esta casa. ¡Inmediatamente!

Salwa estaba clavada al suelo. Escalofríos le recorrían la espalda.

—Fahkri —balbuceó—, ¿qué significa todo esto?

La puerta que se cerraba le rebotó la pregunta.

KALANDIA

Las tormentas de primavera habían transformado el campamento en un gran barrizal. Algunas tiendas estaban hundidas en parte, lonas rasgadas ondeaban contra los puntales de madera. Gatos famélicos luchaban con perros por un resto de comida podrida alrededor de los montones de basura. Había bebés y niños llorando por todas partes.

—No —masculló Salwa—, Marj al-Zuhour no puede venir a parar a esta miseria. Nunca.

Se abrió camino hasta el límite del campamento y trepó la colina hasta el cedro bajo el que tantas veces se había sentado con Fahkri. Allí dio rienda suelta a las lágrimas, lágrimas de miedo y de rabia y de decepción.

Zacarías le había contado que Fahkri estaba implicado en un grupo que cometía atentados contra los judíos. Se introducían en asentamientos judíos desde distintos campos de refugiados y herían y mataban a mujeres, hombres y niños. Husam ejercía de persona de contacto y enviaba a sus hombres desde Jerusalén. Fahkri parecía ser uno de ellos, pero seguía estando poco claro cuál era su misión dentro de la organización.

En principio se había negado a creer aquella historia increíble, pero Zacarías había verificado la información que le habían dado sus conocidos y todo parecía coincidir: Husam, las muchas ausencias de Fahkri, las noticias en la prensa sobre ataques a judíos…

Salwa gritó su impotencia, dio puñetazos en el tronco. ¿Por qué lo hacía? ¿Qué intentaba conseguir él con ello? ¿Por qué les dejaba en la estacada a ella y a Marj al-Zuhour? ¿Acaso no valían ellas más que todos los huertos de Barfylia juntos?

Miró fijamente hacia la lejanía y odió el pueblo que ya no existía. Todas las viviendas habían desaparecido bajo los *bulldozers* judíos e incluso el nombre de Barfylia lo habían borrado los judíos del mapa. ¿Por qué seguir persiguiendo fantasmas? Al-Quds era su nueva vida, su nueva casa, su propio futuro. Desde *al-naqba* había intentado convencerle de ello, pero todo había sido en vano. Ahora se sentía totalmente vacía y desanimada. ¿Qué respuestas iba a darle más adelante a las preguntas de Marj al-Zuhour? ¿Cómo iba a volver a mirar a los ojos a Zacarías y a Margot?

A su izquierda crujió una rama. Rápidamente se pegó al árbol y se dio cuenta en el acto del peligro que corría como mujer en aquel lugar apartado. La oscuridad que crecía con rapidez le ofrecía algo de protección, pero no era seguro en ningún caso. Se acercaban pisadas, pero se detuvieron a algunos metros de donde estaba. ¿Debía salir corriendo a toda velocidad o era mejor que se quedara donde estaba con la esperanza de que aquella otra persona no la hubiera sentido?

—¿Salwa?

Respiró aliviada.

—¡Fahkri!

—Sabía que te encontraría aquí —dijo él en voz baja, tendiéndole los brazos.

Aquella voz, aquel gesto... El corazón le latía contra las costillas. Volvía a reconocer a aquel hombre del que llevaba tanto tiempo enamorada. Volvía a ver a su querido Fahkri, el único y verdadero amigo que había tenido. Había deseado tanto que llegara el momento en el que volviera a buscarla, pero ahora no se sentía capaz de dar ni un solo paso. No podía tenerse en pie.

—¿Salwa?

Su rabia se aplacó, pero sus dudas y sobre todo sus recelos seguían corroyéndola.

—Tenemos que hablar, Fahkri.

Tironeó de su *kefiyyah,* recorrió el entorno con la mirada, paseó a lo largo de los arbustos que cerraban en parte el claro.

—¿Aquí?

—¿Dónde sino?

Volvió a dudar, pero finalmente optó por su lugar de confianza bajo el árbol. Durante varios minutos se quedó sentado inmóvil abrazándose las rodillas.

—Sigo viendo a Ahmad delante de mí —empezó entonces—. Después de todos estos años sigue estando ahí cada día. Allá, en Barfylia, le dejé en la estacada. Eso no volverá a pasar. Lo he jurado.

Salwa no reaccionó. Conocía la historia y sabía que no podía quitarle el sentimiento de culpabilidad de la cabeza.

—Los judíos son cada vez más brutales, Salwa. Si no los paramos nos lo quitarán todo. Tengo que hacerlo por Ahmad y por Marj al-Zuhour.

—¿Hacer qué? —intervino Salwa enseguida—. ¿Matar? ¿Acaso pretendes matar a todos los judíos?

Fahkri se volvió de golpe.

—¿Es eso lo que piensas?

Se incorporó de un salto. Salwa miró hacia otro lado.

—¿Salwa?

La agarró por los hombros.

—Salwa, ¿crees que podría hacer algo así?

Le miraba con los ojos muy abiertos y llenos de incredulidad. Salwa negó lentamente con la cabeza.

—No, en lo más profundo de mí no lo creo. Nunca te he conocido así, Fahkri, pero *al-naqba* te ha cambiado muchísimo, ya no eres el mismo.

—O sea que sí —ladró—. Sí dudas.

—¿Y tan raro te parece? —se defendió Salwa—. Eres mi marido, pero en realidad llevo años viviendo con un desconocido. Desapareces, vuelves, estás fuera un par de días o una semana, pero no me das ni la más mínima explicación. Es Zacarías el que me ha dicho que Husam...

—No entiendes nada de nada —le interrumpió.

—¡Pues entonces explícamelo!

Fahkri volvió a tironear de su *kefiyyah*.

—¿Has visto cómo viven aquí? —empezó.

—Es terrible —asintió Salwa.

—Kalandia no es ni siquiera el peor de los campamentos —continuó diciendo—. He visto otras situaciones, pero te ahorraré los detalles.

—¿Y tú crees que puedes cambiar algo de ello?

—Nosotros... Husam y yo y más y más habitantes de campamentos queremos proteger a nuestros hijos; a Marj al-Zuhour, a Fuad, y a los otros miles de jóvenes palestinos.

—¿Es que no es eso lo que queremos todos? —arremetió Salwa.

Fahkri no contestó inmediatamente.

—Con Zacarías y Margot estamos bien —dijo Salwa—. Marj al-Zuhour crece en un nido seguro. Recibe todo el calor que un niño necesita. ¿No es esa la mejor protección que podemos darle?

—Solo hay un modo bueno de protegerla.

La voz de Fahkri tuvo de pronto un tono mordaz.

—¿Cuál entonces? —inquirió Salwa.

—Tenemos que devolverles a nuestros hijos su país natal. Cuando podamos volver a trabajar nuestro propio campo y nuestros hijos puedan volver a jugar en su propio pueblo será cuando estén a salvo.

—O sea, otra vez Barfylia...

Salwa cerró los puños.

—Sé que te has rendido.

Le tembló la voz.

—Pero no dejaremos que los judíos se salgan con la suya. No pueden pisotearnos sin recibir castigo y robarnos por las buenas todo nuestro suelo. Este es el país de los palestinos, es nuestra casa.

Enseñó la llave que colgaba de su cuello.

—Huimos hace ocho años. ¿Por qué no nos defendimos más en aquel momento? Si no queremos perderlo todo tenemos que luchar.

El miedo de Salwa crecía con cada palabra. Nunca le había oído hablar de aquella manera.

—Así que Zacarías tiene razón —masculló—, estás implicado en los ataques.

—Solo establezco los contactos. No he matado a nadie.

—No, todavía no.

—¡Nunca!

—¿Y si los judíos descubren lo que haces? ¿Crees que te perdonarán la vida? Ellos matan a la primera de cambio. ¿Y por cuánto tiempo estaremos a salvo en casa de Zacarías y Margot?

—No tienes elección, Salwa. Tenemos que pelear, si no los palestinos dejarán de existir dentro de poco.

—¿Así que nos dejas en la estacada?

—Quiero protegeros.

AL-QUDS, CIUDAD VIEJA

—¿Esto lo ha pintado *baba*?

Marj al-Zuhour enseñó el cuaderno de Fahkri que había sacado de alguna de las cajas.

Salwa asintió.

—¿Me cuentas el cuento, mamá?

La niña se acomodó en el regazo de Salwa.

—¿Vienes? —le dijo a Fuad.

—Tantos árboles —señaló—, y todas esas flores.

—Sí, un campo lleno de flores.

—Como tú, Zuzou —rió Fuad.

—¿Dónde crecen todas esas flores en Al-Quds, mamá?

—Esto no es Al-Quds —comentó Fuad—. Aquí no tenemos huertos.

—Exacto —contestó Salwa—. Hace mucho tiempo nosotros no vivíamos aquí, sino en una casa de piedra con muchas habitaciones.

—¿En Katamón? —preguntó Fuad.

—No, en Barfylia, un pequeño pueblo con árboles, campos y flores, y aquí se puede ver una fuente.

—No lo conozco. ¿Qué es eso? —preguntó Marj al-Zuhour.

—¿Allí no tenías que comprar agua? —preguntó Fuad asombrado.

—No —contestó Salwa—. En Barfylia no teníamos aguador como aquí. Allí podíamos beber agua de la fuente y todos los días llenábamos en ella nuestros cántaros.

—¿Por qué os fuisteis de allí Fahkri y tú? —preguntó Fuad.

Salwa tragó saliva.

—Cuando los judíos entraron en Barfylia…

—Mamá, ¿sigue *baba* viviendo cerca del agua? —preguntó Marj al-Zuhour.

—No, él… *Baba* está con sus amigos.

—Y nosotros estamos con nuestros amigos —asintió la niña—. ¿Vamos a jugar, Fuad?

Cerró el cuaderno, saltó del regazo de su madre y salió a la calle con Fuad. Salwa se secó el sudor de la frente.

—Los niños encuentran soluciones muy sencillas a las cosas más difíciles —sonrió Margot que había seguido toda la conversación.

—A mí me gustaría ser capaz de hacerlo —suspiró Salwa guardando el cuaderno de Fahkri en una caja.

Primavera, 1997

JERUSALÉN, CIUDAD VIEJA

Después de cinco semanas recorriendo Israel, a Steve le resultaba difícil volver a acostumbrarse al barrio judío de Jerusalén. Las calles estrechas en la Ciudad Vieja, la pequeña plaza del mercado, las ventanas enrejadas del piso de Simón, le provocaban una sensación extraña y angustiosa. Antes de iniciar su viaje no había sentido nunca aquel ambiente opresor, pero cuanto más tiempo pasaba con su familia en Jerusalén, más se alegraba de ser el nieto de Izzy Efran y no de Simón Ephraim. No se podía ni imaginar teniendo que llenar sus días yendo a la sinagoga y estudiando la Biblia, y conociendo el mundo solo a través de alguna edición de noticias esporádica en la televisión. Integrar a sus hermanas en aquel mundo ortodoxo era del todo impensable. Les daría un ataque ante la sola idea de tener que ir con falda larga, o simplemente se irían si no se pudiesen llevar a los amigos a su habitación.

A Steve le pareció estupendo que Sue no hubiese aceptado su invitación de ir a Jerusalén. Aquello no era para ella. Pero la propuesta de Deb había sido una buena jugada. Sue había reaccionado y seguía contestando a sus correos diarios.

—Solo medio año más, Sue, o quizás ni tan siquiera eso.

—¿Steve, hay alguien?

Deb llamó a la puerta de su habitación.

—No, entra.

—¿Qué tal te ha ido?

—¡De maravilla! He disfrutado mucho pasando cada día en una ciudad o pueblo diferente, con gente nueva, con charlas interesantes. Ahora tengo una visión diferente de Israel.

—¿A qué te refieres?

—He conocido a muchos judíos que juzgan la situación de este país de una forma totalmente distinta a Simón y Amos y al resto de los ortodoxos de Jerusalén. Y para serte sincero, me sentía más próximo a ellos que a mi familia de aquí. Podía hablar con libertad de la situación política, del proceso de paz, de los palestinos. Se parecía más a como son las cosas en mi casa.

—¿Y ahora qué? —preguntó Deb.

—¿Ahora? Bien, yo… sospecho que en Jerusalén también quedan algunas cosas por descubrir.

—¿Así que no te vas?

—No, no enseguida. ¿Por qué lo preguntas?

Debbie iba y venía de la ventana a la puerta.

—Me he dado cuenta hace mucho de que aquí no estás a gusto y por eso me temía que… Me gusta que estés con nosotros, Steve. Contigo al menos puedo hablar de otras cosas que de la preparación de las comidas. A veces estoy hasta las narices de toda esa cocina según la tradición judía.

Steve rió entre dientes.

—Ya me parecía a mí.

—Soy perfectamente consciente de que el mundo no se acaba en los límites de este barrio —siguió diciendo—. Intentan convencernos de ello todos los días, pero no me creo nada. Tú eres un trocito de ese otro mundo judío, Steve, por eso…

A Steve le sonó como música en los oídos.

—Yo también quiero confesarte algo —dijo—. De no ser por ti ya me habría ido a casa. Estoy muy contento de que estés aquí.

—¿Así que te quedarás una temporadita? —sonrió ella.

—Seguro que sí. Voy a contárselo inmediatamente a los de Manhattan. ¿Te vienes?

Debbie levantó las cejas.

—¿A qué te refieres?

—No lejos de la iglesia del Santo Sepulcro he descubierto un nuevo cibercafé, a mitad de precio de lo que pago en este barrio. Después de mis excursiones tengo que tener cuidado en cómo empleo mis *shekels*. ¿Te vienes? Sue se sorprenderá de leer algo tuyo.

Ella le miró con la boca abierta.

—¿Ir contigo a un cibercafé en el barrio cristiano? ¿Estás loco? Si mi madre se entera…

Steve se echó un jersey al hombro.

—¿Por qué iba a hacerlo? —dijo desafiante—. Y aunque así fuera ya encontraríamos alguna explicación a sus preguntas.

Debbie dudó, respiró profundamente, pero después asintió con entusiasmo.

—Mientras no estemos demasiado tiempo fuera...

—El cibercafé de Mike no está ni a diez minutos de aquí a pie. Estaremos de vuelta antes de que tú misma te des cuenta.

—¿Para Internet?

Steve asintió.

—Ponte en el último ordenador.

Mike apuntó la hora en una libreta.

—Imprimir cuesta un *shekel* la página. Si tienes algún problema me haces una señal. ¿Vale?

—Entendido. Gracias.

Steve arrimó una silla para Debbie.

—¿Controlas algo de Internet?

—Sí, pero no demasiado.

—Pues ya va siendo hora de que explores este mundo, Debbie, pero antes vamos a mirar el correo. Tienes tres intentos para adivinar cuál es mi contraseña.

—¿Sue? —sonrió.

—Una contraseña tiene que tener más letras, por eso utilizo el nombre de los dos: Steve-Sue.

Salieron cinco mensajes en su buzón.

—Sue, mi madre y tres del abuelo Izzy —apostó.

—¿Tu abuelo maneja el ordenador? —preguntó asombrada.

—Por descontado. El año pasado le dieron el de mi madre y ahora se ha convertido en un auténtico fanático de las citas. ¿Lo ves?

—Es increíble que él y el abuelo Simón sean hermanos.

—Eso me digo yo todos los días —dijo Steve riendo entre dientes—. ¿Le quieres mandar una cita al abuelo Izzy?

—Si me dices cómo se hace.

Debbie eligió una de un texto hebreo.

—Lo entenderá, ¿no?

—Según Simón lo conoce todo, aunque estando allí nunca lo he notado, pero ya veremos si contesta.

Juntos escribieron una nota a Sue y a su madre y después Steve navegó hasta el sitio web del *Jerusalén Post*.

—Es bastante más barato que comprar el periódico todos los días —explicó—. Consultas el archivo de todos los artículos que te interesan y... Espera.

Miró concentrado la pantalla y después pinchó un título:

Lena ya no vive aquí. La crónica de un testigo ocular por Zacarías Sabella.

Junto a una pequeña foto leyó:

Ayer, por orden del Ministerio del Interior y el Ayuntamiento de Jerusalén, se demolió la casa de Salim y Arabiyeh Shawamreh y sus seis hijos. Para acceder a la crónica completa remitimos al sitio web de B'Tselem, el Centro de Información Israelí para los Derechos Humanos en los Territorios Ocupados.

—¿Algo especial? —preguntó Debbie.

—Esto tengo que tenerlo.

Tecleó la dirección de B'Tselem y las páginas salieron de la impresora.

—A Zacarías Sabella, el periodista, le conozco —dijo excitado.

—¿Es un amigo tuyo?

—No, no exactamente. Le conocí por casualidad. Iba sentado a mi lado en el avión. ¿Necesitas el ordenador para algo más?

—No.

—Vale. Vamos a pagar. Ven.

Pagó y empezó a ojear la crónica en la calle. De vez en cuando mascullaba algo entre dientes. Debbie no sabía de qué se trataba.

—Deb, ¿has oído algo de que ayer hubiera una demolición?

Ella negó con la cabeza.

—¿Cómo es posible? Según Zacarías hubo un revuelo tremendo por el derribo de esa casa palestina. Pasó aquí, en Jerusalén, ¿y no sabes nada del tema? ¿Es que no han dicho nada en la radio ni en la televisión?

—No vemos mucha televisión —contestó Debbie con voz acompasada—, y cuando salen este tipo de reportajes nos la apagan inmediatamente.

—Claro —asintió Steve—. Perdona, Deb, he perdido la cabeza por un momento. Es verdad que no es fácil para ti estar al tanto de las noticias de última hora, pero lo que pone aquí es terrible.

Debbie siguió andando.

—Bueno —murmuró él—, a lo mejor Sabella exagera. Con los periodistas nunca se sabe.

—Lo más probable es que lo haya descrito todo con exactitud. Aquí todo es posible.

Steve enmudeció. Conocía aquella expresión. Deb había dicho lo mismo que aquella vez respecto al fusil de Yossi, pero después se había cerrado en banda y ahora no reaccionaba de la misma forma.

—Deb, ¿me estás diciendo que ni tan siquiera te sorprenden esas demoliciones? O sea, ¿que sigue pasando?

—Tenemos que irnos a casa, Steve, se estarán preguntado dónde estoy.

—No, Deb.

La retuvo.

—Me pediste que me quedara más tiempo. Entonces ¿por qué te apartas de mí?

Ella se encogió de hombros.

—Yo…, ¡vaya, Steve!, no lo sé. Es todo tan delicado y me parece terriblemente difícil explicarlo. Tiene que ver con la seguridad, las zonas militares, con la guerra de los Seis Días de 1967…

—Ya he oído algo sobre eso —asintió Steve—, pero tengo curiosidad por saber qué piensas tú de eso.

—Vale —reconoció Debbie—. Quiero hablar de ello, pero no aquí ni ahora. Para eso necesito más tiempo.

—Estamos a principios de abril, Deb. Me voy en septiembre.

Por la noche, Steve se metió en su habitación y leyó cada vez con más asombro lo que había impreso.

Queridos amigos:

Ayer comenzó una pesadilla para Salim, Arabiyeh Shawamreh y sus seis hijos. Fui testigo de...

Ayer habíamos planeado un acto de protesta palestino-israelí con representantes de distintas asociaciones pacifistas —Bat Shalom, Rabinos Pro Derechos Humanos, Gush Shalom y Paz Ahora—. De camino al Cuartel General de la Administración israelí para el control de los Territorios Ocupados nos enteramos de que se estaba llevando a cabo una demolición en Anata, un pequeño pueblo pegado al último límite de Jerusalén. Decidimos posponer nuestra protesta y conducir inmediatamente en dirección a Anata.

Anata es un pueblo habitado en su mayoría por los palestinos que vivían en la Ciudad Vieja de Jerusalén hasta 1967. Después de la guerra de los Seis Días huyeron allí con la esperanza de encontrar en Anata un destino seguro.

El autobús nos llevó hasta el límite del pueblo. Desde allí fuimos a pie por caminos tortuosos, polvorientos y sin asfaltar hasta que, desde la cima de una colina, vimos en el valle la casa en cuestión. Los vecinos y la familia lloraban de una rabia impotente. Un cordón de soldados israelíes se ocupaba de cerrar de forma eficiente el lugar del desastre. Bajamos en pequeños grupos y Naomi Chazan, miembro del Parlamento israelí, pidió el documento en el cual el lugar en el que estaba la casa quedaba calificado como «zona militar restringida» y en consecuencia registrado como terreno habitable prohibido. Pasó bastante tiempo antes de que el oficial sacase el certificado en cuestión y sigue siendo dudoso si se trataba del documento original.

Entretanto miramos cómo el bulldozer *echaba abajo la casa pared a pared. Sus dientes de acero tiraban de las raíces de los olivos. En el jardín trasero de la casa no quedó un solo árbol frutal en pie. Después, el* bulldozer *se subió a un depósito de agua hasta que finalmente estalló y miles de litros de agua se escaparon por un huerto arrasado.*

Muy pocas veces he visto personalmente un desperdicio tan deliberado de tal cantidad de valiosa agua.

«¿Es esta la forma en la que vais a defender las fronteras israelíes?», les gritábamos a los soldados. «¿Podéis seguir durmiendo bien por las noches?»

La única respuesta fue: «Solo cumplimos órdenes».

Sobre un montón de gravilla una niña pequeña miraba los escombros. Era Lena, la hija mayor de la familia Shawamreh. Ya no tenía casa en la que vivir.

Entonces unos cuantos jóvenes palestinos empezaron a tirar piedras desde la colina opuesta. Los soldados reaccionaron inmediatamente con salvas de fusil y subieron la colina apuntando las armas.

Una bala «perdida» alcanzó a un niño palestino de seis años.

Queridos amigos:

Antes de volver al autobús saqué de la escombrera una rama de olivo rota.

Desde aquel mismo lugar vi, más allá, las aulas de la Facultad de Derecho de la universidad hebrea. Me pregunté si los estudiantes habían estado mirando por las ventanas y habían sido testigos de aquel ejercicio tan particular del derecho.

En las cimas de las colinas circundantes caía la luz del sol sobre los tejados anaranjados de las viviendas recién estrenadas de los asentamientos judíos. Los colonos de los Territorios Ocupados no tenían ningún problema para obtener un permiso de construcción. Y ni un solo soldado, ni un solo funcionario se atrevería a vaciar sus provisiones de agua, a romper sus casas, a enviar a sus hijos a la fría calle…

Queridos amigos:

Esta historia aún no ha terminado, acaba de comenzar. La semana que viene volveremos a Anata para construir la casa de nuevo y, si fuese necesario, empezaremos una y otra vez, una y otra vez.

Si encuentran tiempo para echarnos una mano, lo apreciaremos enormemente.

También pueden ayudarnos en nuestros actos pacíficos enviando por e-mail *esta historia a tantos dirigentes políticos nacionales y extranjeros como sea posible. Quizás juntos consigamos poner fin al drama de decenas de familias palestinas.*

Zacarías Sabella, testigo presencial.
Al-Quds, Jerusalén, abril 1997.

Steve dobló lentamente la crónica de Zachry y apagó la lámpara de lectura que tenía encima de su cama. Estaba solo en casa. Simón y Amos estaban en la sinagoga.

Hacía más de medio siglo que los devotos creyentes habían cantado rezos en sus iglesias en Polonia y en Alemania, mientras que en Auschwitz, Birkenau, Dachau, Bergen-Belsen, Theresienstadt...

Junio, 1967

AL-QUDS - JERUSALÉN

El general Moshe Dayan, ministro de Defensa israelí, es uno de los primeros judíos que puede volver a posar sus manos sobre las piedras del Muro de las Lamentaciones. Después de diecinueve años Jerusalén ha sido liberada y nuestra oración «El próximo año en Jerusalén» ha sido por fin escuchada.

Despedimos esta excepcional edición de noticias con las palabras de Moshe Dayan: «Que vuelva a haber paz en Israel».

Zacarías apagó la radio.

—¿Paz en Israel? —se mofó—. Pisotean a todo un pueblo, ocupan todo un país, pero lo llaman paz y liberación. Me pregunto si los sionistas conocen realmente el significado de esas palabras.

Paseaba de un lado a otro de la habitación.

—Ahora que han conquistado Al-Quds, la orilla occidental del Jordán y la franja de Gaza, se sentirán invencibles.

—Quizás —reconoció Fuad—, pero no les va a ser fácil en ningún caso.

—Pues ya me explicarás —dijo Margot.

—¿Cuántos palestinos viven en los territorios que han ocupado ahora? ¿Cerca de tres millones?

—Algo así, sí —bramó Zacarías.

—Esta vez los palestinos no se han puesto a la fuga masivamente —continuó diciendo Fuad—. Los israelíes tendrán que tener bien en cuenta dentro de sus nuevas fronteras a sus habitantes palestinos.

—O bien actuarán de una forma más brutal —comentó Margot.

Marj al-Zuhour se acurrucó contra su madre.

—Tengo miedo —susurró.

Salwa acarició la espalda de su hija y recordó las palabras de Fahkri de aquella noche en la colina de Kalandia: «Los judíos son cada vez más brutales. Si no los paramos, nos lo quitarán todo». ¿Así que él había estado en lo cierto y ella había sido simplemente demasiado cobarde para verlo? ¿Y dónde estaría él ahora? Desde su pelea con Zacarías, Fahkri no había vuelto a pisar la casa. A través de noticias esporádicas lo único que sabía era que se había unido a la Organización para la Liberación de Palestina y que vivía en la clandestinidad en distintos campamentos de refugiados en la orilla occidental del Jordán. Temblaba con la mera idea de que le hubieran atrapado los israelíes. Los interrogatorios en las cárceles israelíes se hacían en habitaciones aisladas e insonorizadas. Algunos no sobrevivían a los interrogatorios. La mayoría salían destrozados.

Salwa sintió de pronto una necesidad enorme de abrazar a su marido, de volver a vivir con él todos los días, de soñar con él, de... luchar a su lado.

—¿Seremos ahora todos israelíes? —preguntó Marj al-Zuhour.

—¿Por qué piensas eso? —se asustó Salwa.

—¿No pasamos todos ahora a estar bajo gobierno israelí?

—Escucha, cariño —dijo Salwa—. Después del carnet de identidad jordano igual nos dan uno israelí, pero nunca seremos israelíes. ¿Me oyes bien? ¡Nunca! Seguiremos siendo palestinos, seguiremos ligados a este país.

Atrajo a Marj al-Zuhour hacia sí y decidió reconstruir pieza a pieza el sueño de Fahkri en su hija.

Avanzada la semana sacó el cuaderno de Fahkri y pasó una página. Salwa señaló con líneas de puntos los nuevos límites tanto de Al-Quds como de los territorios que los israelíes habían ocupado durante la pasada guerra de los Seis Días. Completó la lista que Fahkri había comenzado hacía casi veinte años con Beit Hanina, Shuafat, Sur Bahir, Beit Safafa, Al Walada, Jidina, Anata...

—Durante mucho tiempo he pensado que *al-naqba* era lo peor —dijo Margot—, pero ahora que están ampliando Al-Quds y que existen planes para establecer nuevos asentamientos judíos en la orilla occidental del Jordán…

—… tendremos que darle la razón a Fahkri —dijo Salwa, completando la frase de su amiga.

—No lo sé —dudó Margot.

Salwa le enseñó el cuaderno.

—Fahkri empezó a hacer esto cuando Marj al-Zuhour aún no había nacido, Margot. Ahora tiene casi dieciocho años y los israelíes nos siguen pisoteando. Mientras sigan apoderándose además de los pueblos palestinos de los alrededores de Al-Quds y levantando por todas partes nuevas viviendas para los nuevos inmigrantes judíos, aquí no quedará sitio ni para nuestros hijos ni para nuestros nietos.

—¿Es entonces la Organización para la Liberación de Palestina con sus ataques la solución?

Salwa negó con la cabeza.

—No, Margot, esos ataques también me parecen terribles, pero tenemos que seguir recordando a los israelíes que no renunciamos a nuestros derechos, a nuestros sueños. Fahkri, Husam y otros hombres lo hacen a su modo. Quizás podamos nosotros también pensar algo para hacerlo a nuestra manera.

—¿Has vuelto a ver a Fahkri? —preguntó Margot.

—No, ¿por qué?

—Es como si le estuviera oyendo.

Salwa sonrió.

—No quiero que mi marido siga luchando solo, Margot.

Después de la guerra de los Seis Días, el Al-Quds palestino se convirtió rápidamente en un gran Jerusalén judío. Ochenta casas palestinas sucumbieron al instante ante los martillos de demolición para la construcción de una magnífica explanada junto al Muro de las Lamentaciones, en los barrios palestinos expropiados se instalaron los nuevos inmigrantes judíos, los nombres palestinos desaparecieron, surgieron nombres judíos...

Zacarías y Margot vieron con la misma rabia y la misma impotencia la película que ya habían visto hacía diecinueve años en Katamón. Cuando se hubo roto el muro de separación en la Puerta de Damasco, los Sabella cogieron un autobús a Katamón y llamaron a la casa de la que habían huido hacía diecinueve años.

—Entren —les invitó un anciano de pelo gris y con una *kipá* en la cabeza—. Me llamo Nathan Berkowitz.

Zacarías y Margot entraron con sus tres hijos en el pasillo.

—Le reconozco —le dijo el hombre a Margot—. Cuando llegué aquí encontré una fotografía de usted y sus hijos en el armario del salón.

Margot asintió.

—Zacarías la hizo —dijo—. Fuad acababa de cumplir dos años. Era su fotografía de cumpleaños.

El hombre tosió, se pasó nervioso la mano por el pelo y jugueteó con el primer botón de su camisa.

—Yo... cuando llegué aquí me concedieron esta casa porque...

—Ahórreme la explicación —le interrumpió Zacarías—. Conocemos las historias que los israelíes fueron divulgando sobre las llamadas casas palestinas vacías de este barrio.

—A mí me dijeron, en efecto, que esta era una casa abandonada —se defendió el hombre—, y que los propietarios habían huido.

Margot cogió a Zacarías por la cintura.

—Pusimos a salvo a nuestra familia —le explicó—. ¿Se habría quedado usted si sus vecinos estuviesen siendo asesinados por soldados de Haganah y los niños pequeños de esta calle tuviesen terribles quemaduras por el fuego de las granadas? ¿Es que no es huir la reacción normal?

—Si queríamos sobrevivir al *al-naqba* teníamos que irnos —dijo Zacarías, completando lo que decía su mujer—. Afortunadamente teníamos familia en el Líbano a la que poder acudir. Solo nos llevamos lo imprescindible, porque no pensábamos estar mucho tiempo fuera. En cuanto hubiera pasado lo peor de la guerra volveríamos. ¿Cómo íbamos a saber que Al-Quds iba a ser repartido y que no nos iban a permitir entrar en nuestra propia casa?

El hombre se secó las gotas de sudor de la frente.

—Yo no sabía que…

—Le han mentido a usted y a otros tantos —dijo Zacarías.

—¿Podemos echar un vistazo? —preguntó Margot—. No creo que mis hijos se acuerden mucho de esta casa. Me gustaría enseñarles en qué habitación han nacido.

—Naturalmente.

Abrió las puertas. Margot iba delante. Nadie dijo una palabra mientras iban de una habitación a otra.

—Gracias por permitirnos entrar —dijo Zacarías, cuando estuvieron ante la cerca del jardín—. A algunos amigos nuestros les dieron con la puerta en las narices cuando quisieron volver a ver sus casas.

—Créanme —balbuceó el hombre—, nunca había oído esta historia. Lo siento.

Margot leyó espanto y tristeza en sus ojos y quiso creer realmente que aquel Nathan Berkowitz decía la verdad. También había muchísimos judíos honestos y no podía medirles a todos por el mismo rasero.

En la calle, Zacarías se dio la vuelta y observó de nuevo la casa.

—¿Algo más? —preguntó Nathan.

—Me gustaría saber otra cosa —respondió Zacarías—. ¿Dónde nació usted?

—En Lituania.

La semana posterior a la visita a Katamón, Zacarías no fue a trabajar. Se sentaba sin apetito a la mesa y apenas reaccionaba a lo que ocurría a su alrededor. Toda la familia estaba preocupada. Nunca habían visto a Zacarías tan desanimado.

—Como propietarios tenéis derecho a reclamar vuestra casa, ¿no? —comentó Marj al-Zuhour.

—Hasta 1948 aún teníamos derechos —reconoció Margot—, pero gracias a *al-naqba* todo ha cambiado para nosotros. Aquí el derecho solo existe para los israelíes.

—Eso es injusto —protestó Marj al-Zuhour—. No estaréis dispuestos a resignaros ante eso, ¿no?

Salwa miraba a su hija a hurtadillas. En cada una de sus palabras reconocía el gran fervor de Fahkri y ello le producía muchísima alegría. Físicamente Marj al-Zuhour se parecía poco a su padre, pero cada día era más evidente que era una niña, o mejor, una joven mujer de Barfylia.

—¿Qué podemos hacer? —preguntó Margot.

Marj al-Zuhour se encogió de hombros.

—No lo sé exactamente, pero alguien tiene que darnos una explicación, ¿no? ¿Cuántas casas han requisado de esa forma? ¿Cientos? ¿Cuánto suelo palestino expropiaron en 1948 y cuántos barrios están desalojando ahora? ¿Qué explicación tienen para todo esto?

—Los israelíes tienen una explicación para todo —suspiró Margot desanimada.

—Pues tengo muchísima curiosidad por escucharla. ¿Adónde podemos ir con nuestras preguntas?

—¿Al Ayuntamiento tal vez? —propuso Salwa.

—¿De verdad crees que allí van a escuchar los problemas de los palestinos? —preguntó Fuad.

—Somos habitantes de esta ciudad, ¿no? Podemos intentarlo.

—¿Cuándo?

—Ahora mismo —decidió Marj al-Zuhour—. ¿Acaso los israelíes no os han hecho esperar lo suficiente?

Se puso la chaqueta y cogió la mano de Fuad.

Salwa sonrió cuando vio a los dos jóvenes bajando por las escaleras.

—Mi querido Fahkri —masculló—, todo va a salir bien. Nuestra hija sueña y lucha. Marj al-Zuhour es, en efecto, nuestro trocito de Barfylia en Al-Quds.

—¿En Katamón, dices?

Fuad asintió y le dio el nombre exacto de la calle y el número de la vivienda.

—¿El nombre de los habitantes originales?

—Zacarías y Margot Sabella. Mis padres construyeron la casa.

—Un momento.

El hombre desapareció en un archivo. Marj al-Zuhour se dejó caer en un banco. Llevaban más de tres horas siendo despachados de distintos servicios municipales hasta que alguien, por fin, les había explicado que estaban en el lugar equivocado para su consulta. El departamento que atendía su problema se encontraba en las oficinas del Primer Ministro, que se situaban en el otro extremo de la ciudad, a más de media hora de autobús.

—No creo que nos vayan a dar una contestación en la vida —dijo Fuad.

—No nos iremos hasta que nos hayan dado una.

Fuad se encogió de hombros.

—Lo dudo mucho. No me fío de los israelíes.

—¿En qué año empezaron a habitar la casa? —preguntó el hombre desde el archivo.

Su tono ácido no prometía nada bueno.

—Se instalaron el 24 de marzo de 1943 y…

—Ya sé suficiente —ladró.

Un poco después puso un informe sobre la mesa.

—¿Hasta cuándo han vivido allí? —preguntó.

—Hasta el 29 de junio de 1948.

Fuad había anotado todos los datos meticulosamente en su agenda de bolsillo.

El hombre hojeó el informe.

—A lo mejor están esperando que nos rindamos —susurró Marj al-Zuhour—. Pero entonces es que todavía no nos conocen.

—Ya no tenéis ningún derecho de propiedad —dijo el hombre sin rodeos.

Cerró el informe y siguió con su trabajo.

—Eso es imposible —dijo Marj al-Zuhour—. Los Sabella construyeron la casa, tienen la escritura de propiedad y…

—Todo el mundo tiene que respetar la ley. Vosotros también.

—¿La ley? —preguntaron Fuad y Marj al-Zuhour al mismo tiempo—. ¿Qué ley?

El hombre abrió aburrido un libro y les leyó un texto legal en voz alta:

La ley concerniente a la Propiedad de Ausentes de 1950 establece que las personas que se fueron a algún lugar fuera de Israel antes de septiembre de 1948 perdieron los derechos de propiedad de todas sus posesiones dentro del Estado de Israel.

Fuad y Marj al-Zuhour se quedaron perplejos.

—¿Dónde permaneció la familia en el periodo descrito?

Fuad ni escuchó la pregunta. Seguía mirando incrédulo al hombre. Marj al-Zuhour cogió su agenda de bolsillo.

—En el Líbano —leyó—, con su familia en Ghazir, un pequeño pueblo al norte de Beirut.

El hombre asintió.

—Así que según esta ley...

—Escupo en vuestras leyes —siseó Fuad—, y escupo en cada uno de vosotros.

El viaje de vuelta fue interminable.

—Los israelíes quieren nuestras casas —masculló Marj al-Zuhour—, quieren nuestro suelo, pero no nos quieren a nosotros.

Marj al-Zuhour y Fuad se casaron a finales de año. Un amigo de Zacarías y Margot bendijo a la pareja en la iglesia del Santo Sepulcro. No hubo tañir de campanas, no organizaron una gran fiesta, pero Salwa nunca había visto a su hija tan feliz. Marj al-Zuhour todavía era joven, pero tenía claro lo que quería y Fuad la apoyaba en todo lo que emprendía. Esto era, sobre todo, lo que tranquilizaba a Salwa. Si ella hubiese hecho antes lo mismo por Fahkri, no sentiría el dolor que sentía cada día.

Primavera, 1997

JERUSALÉN, CIUDAD VIEJA

Steve pasó la vista de los candelabros de plata, las velas y el mantel de lino a Simón, que disfrutaba con toda la familia de la comida del *sabbat*. Él mismo era incapaz de tragar un bocado.

—Chaim, esta es la primera vez que no te veo comer —comentó Simón—. ¿No te encuentras bien? ¿Pasa algo?

Steve negó con la cabeza.

—No lo entiendo, Simón. De verdad que no lo entiendo. ¿Cómo podéis estar sentados aquí tan a gusto mientras…?

Debbie palideció.

—¿… mientras que a pocos kilómetros de aquí desaparecen casas bajo los *bulldozers?* La familia palestina de Anata vivía con seis hijos en aquella casa.

¿Tenéis alguna idea de dónde van a comer y a dormir en las próximas semanas?

El tenedor de Simón golpeteaba en el plato. Raquel le agarró la mano temblorosa.

—Tranquilo, *abba*, no debes excitarte. Sabes que el médico…

Amos le dio a su padre un vaso de agua y le puso una pastilla debajo de la lengua. Naomi y Shoshanna sentaron a los más pequeños en su regazo.

—¿Estás mejor, *abba*?

Simón asintió. Un suave rubor apareció en sus mejillas.

—Chaim —dijo con dificultad—. No sabes de qué estás hablando.

—Leí una crónica de una demolición, Simón. Era la crónica de un testigo ocular. ¿O pretendes hacerme creer que son invenciones de la prensa para dar mala fama a los israelíes?

Nadie se movió. Steve miró a hurtadillas a Debbie, que estaba al otro lado de la mesa, pero esta miraba su plato en silencio.

—No consiento que se me ofenda en mi propia casa —dijo Amos—. Quiero que te vayas, Chaim.

Steve tiró la servilleta a la mesa.

—¡Con mucho gusto! —asintió saliendo inmediatamente. Anduvo de un lado a otro de la plaza del mercado y después fue al cibercafé. Navegó nervioso por la red buscando más documentación sobre alojamientos en Jerusalén. Zachry había escrito distintos artículos sobre la demolición de casas. Cada uno de ellos estaba sólidamente documentado con cifras de fuentes tanto israelíes como palestinas. También remitía a menudo a informes de comisiones internacionales de investigación referentes a los derechos humanos.

Steve lo imprimió todo. Sentía curiosidad por cómo reaccionarían Simón y Amos ante eso. Antes de apagar el ordenador mandó un mensaje a Sue.

—Por lo visto Sabella es tu periodista favorito —comentó Mike mientras Steve pagaba.

—Es verdad que Zachry escribe con soltura.

—Y también es un hombre agradable —asintió Mike—. Me alegro de que esté de vuelta.

—¿Es que le conoces? —preguntó Steve.

—Desde hace mucho. Él me recomendó que montara un cibercafé. Zachry vive a tiro de piedra de aquí. De vez en cuando entra para charlar un momento, pero no le he visto en las últimas semanas. Lo más probable es que esté demasiado ocupado con esas demoliciones. Está intentando cubrirlas todas.

—¿Puedes darme su dirección?

Mike dudó.

—Lo entiendo —asintió Steve.

Garabateó en un papel su nombre, dirección y la compañía aérea con la que había viajado.

—Si vuelve a pasarse Zachry, ¿te importaría darle esto? Se acordará enseguida de quién soy.

—Ningún problema —sonrió Mike—. Le contaré que le está buscando su mejor fan.

—Para él será la sorpresa del día —rió Steve—. ¿Qué apostamos a que no se lo cree?

—¿Has estudiado con él en Austin?

—Afortunadamente, no —rió Steve—. Vengo de Manhattan y no le conozco de nada.

Mike frunció el ceño.

—Estás hablando en clave —dijo.

—Solo tienes que darle el papel, ¿vale?

—Puedes contar con ello. Buenas noches.

Steve atravesó las oscuras callejuelas de la Ciudad Vieja. La reciente primavera estaba claramente en el aire e invitaba a dar un paseo. A través de unas cuantas calles transversales llegó al Muro de las Lamentaciones. Aparte de algunos ortodoxos, la explanada estaba desierta. Steve apoyó las manos en las piedras milenarias y pensó en sus padres, sus hermanas, el abuelo Izzy y en Sue. Estaban a miles de kilómetros, pero se sentía más cercano a ellos que a Simón y a su familia que vivían a un paso del Muro. No entendía las reacciones crispadas de Simón y de Amos. Él había crecido en un mundo muy diferente, entre judíos que tenían un espíritu abierto y que no se encerraban en un mundo propio en el que se envolvían en su gran razón.

Steve miró las hojas con las oraciones que había entre las piedras. Hacía tiempo, desde *Yom Kippur*, que no rezaba, pero de pronto sintió la necesidad de escribir una oración. Sacó del montón de crónicas una tabla con datos en cifras de las casas que habían sido expropiadas el año anterior en Al-Quds. Dobló la hoja varias veces y la introdujo entre las otras oraciones del Muro. Era su oración de libertad personal para todas las familias sin techo en Al-Quds, pero también para Zachry y Simón y Amos.

Después volvió paseando al barrio judío. Entró en el piso con el mayor sigilo posible. Por debajo de la puerta del dormitorio de Simón vió una franja de luz. Dudó un poco, pero después fue a su cuarto con lo que había impreso. Tardaría un par de horas en procesar todos los datos recopilados.

—*Shalom*, Chaim.

Steve cogió una taza de café del armario de la cocina.

—Buenos días, Simón. Esta es la primera vez que te veo tan tarde sentado a la mesa del desayuno. ¿No tienes que ir hoy a la sinagoga para la oración de la mañana?

—Quería verte, chico. Ayer llegué a preocuparme de veras porque estuviste mucho tiempo fuera. No es seguro deambular por las noches en la Ciudad Vieja.

—He crecido en la ciudad de Nueva York, Simón. Miro por dónde voy.

—Jerusalén es diferente, Chaim. No sería la primera vez que alguien ha recibido una puñalada por la espalda.

Los pelos de la nuca de Steve se erizaron.

—¿Qué quieres decir con eso, Simón?

—No conoces la situación de aquí, Chaim.

—No, pero me pregunto qué sabes tú —dijo Steve de rebote—. Hasta donde recuerdo, en Katamón vivías exclusivamente entre judíos, y aquí apenas salís del barrio judío. ¿Has llegado a hablar alguna vez con un palestino?

Simón giraba la taza en sus manos. Con el índice juntaba migas de pan imaginarias. Steve untó en silencio miel en su rebanada de pan.

—Te he esperado hoy, Chaim, porque quiero aclararte algo.

—Te escucho.

—Aquí me es difícil explicarlo. Tengo que enseñarte algo. ¿Te vienes?

—Luego —asintió Steve—. Primero quiero leer algunas cosas.

Simón se fue arrastrando los pies hasta su sillón y abrió el libro de rezos. Steve quiso hacerle ver que, a modo de cambio, estaría bien leer un periódico de vez en cuando, pero se contuvo. Si se enemistaba con Simón, volvería a perder la oportunidad de tener una conversación. Además, estaba tremendamente intrigado con lo que Simón tenía que contarle. Después de haber leído las crónicas de Zachry se sentía suficientemente armado como para parar la crítica de Simón. Había pocas posibilidades de que pudiese sacar a relucir las duras cifras, pero seguía mereciendo la pena intentarlo.

Era casi mediodía cuando Steve, con un poco de desgana, siguió a Simón hasta la calle. No dijeron una palabra mientras cruzaban el barrio judío de la Ciudad Vieja. En la plaza del mercado, cerca del arco de la restaurada sinagoga Churva, Simón se sentó.

—Todo lo que ves aquí, Chaim, fue construido después de 1967. Pero yo conocí el antiguo barrio judío.

—Creía que siempre habías vivido en Katamón.

Simón negó con la cabeza.

—No, Chaim. Es una larga historia. Siéntate a mi lado.

«Ahora vuelve a parecerse en todo al abuelo Izzy —pensó Steve . La misma voz tranquila, el mismo gesto invitador.»

—Después de la pesadilla en Europa vine a parar aquí con Rivka, mi mujer. Vivíamos en una pequeña casa en la calle Chabad, que compartíamos con otras dos familias. Nuestros dos hijos mayores nacieron allí. No había agua corriente, en invierno nos calentábamos con pequeñas estufas de petróleo y todo era muy primitivo, pero éramos felices. Por primera vez en mucho tiempo volvíamos a sentirnos seguros entre las otras familias judías. Todas las mañanas íbamos a por fruta y verdura a Batrak, el bazar árabe. Para nuestros hijos siempre era una aventura andar por los callejones cubiertos y a Raquel le encantaban los puestos de dulces.

Sonrió como si lo estuviera viendo. Steve intentó imaginarse la escena, pero no lo consiguió. Le parecía totalmente inimaginable situar a Amos y a Raquel en el bazar.

—Solíamos hacer siempre el mismo recorrido —continuó diciendo—. Los vendedores árabes nos conocían y les gustaba hacer un hueco para tener una pequeña charla. Raquel siempre se quedaba mirando con los ojos como platos a los hombres con su *kefiyyah* que fumaban su narguile fuera del café. Pero todo cambió demasiado rápido cuando los británicos, que entonces gobernaban aquí, quisieron marcharse.

Steve recordaba vagamente lo que había estudiado sobre ello en el colegio.

—¿Te refieres a las revueltas entre árabes y judíos?

—Entre otras cosas. El país se había vuelto ingobernable y las Naciones Unidas propusieron dividir Palestina entre judíos y árabes, pero los árabes no querían ni oír hablar de eso. Rechazaron por completo el plan de reparto y publicaron a los cuatro vientos que no podía haber ningún Estado judío. Nunca.

Respiró hondo un par de veces.

—No lo entendíamos. Después de todo lo que habíamos vivido los árabes no nos concedían ningún bantustán, ni siquiera un pequeño trozo entre el mar Mediterráneo y el Jordán.

Steve no respondió. Realmente sonaba casi inhumano, pero a los palestinos les había parecido entonces totalmente ilógico tener que compartir una parte de Palestina, el país en el que siempre habían vivido, con extraños judíos de Europa.

—Desde entonces en el bazar nos miraban con hostilidad. Los vendedores a los que comprábamos la verdura a diario dejaron de hablar con nosotros y los niños árabes se pasaban el dedo por la garganta cuando veían a Amos y a Raquel. Ellos dos eran todavía muy pequeños, pero sabían muy bien lo que significaba aquel gesto. En aquellos días muchos de los habitantes del barrio huyeron de la Ciudad Vieja, pero nosotros nos quedamos. Me sentía demasiado cansado para volver a deambular por ahí…

Se quedó callado mucho tiempo.

—Cuando estalló la guerra en 1948 vivimos un infierno aquí. La Legión jordana bombardeó nuestras casas y nuestras sinagogas hasta dejar todo en ruinas. No teníamos comida ni bebida. Dejaban a nuestros hijos y a nuestros mayores morirse sin más. Teníamos un bebé de diez meses…

Cerró los ojos y se recostó.

—Tres años después de los campos de concentración volvíamos a estar sin nada.

—¿Fue entonces cuando os mudasteis a Katamón?

Simón asintió.

—Después de diez días de sitio nos rendimos. Abandonamos la Ciudad Vieja por la Puerta de Sión y nos establecimos en Katamón. Todas las casas de allí estaban vacías.

Steve frunció el ceño. Recordó la conversación con Zachry en el avión.

—Aquellas casas eran propiedad de las familias palestinas, Simón. He hablado con alguien que…

—Aquel barrio estaba totalmente desierto cuando llegamos —siguió diciendo Simón—. ¿Acaso no era lógico que nos instaláramos allí? Los árabes no lo habían destruido del todo.

—¿Y qué tenían que ver con eso los habitantes de Katamón? —preguntó Steve.

—Los árabes siempre han amenazado con echarnos al mar. Tenemos que defendernos.

—¿Volando sus casas?

Simón se frotaba nervioso las manos.

—Tenemos derecho a tener fronteras seguras para Eretz Israel. Si los palestinos quieren asfixiarnos construyendo sus casas en nuestros suelos sagrados, nosotros tenemos la obligación de defender el país de los antepasados.

La boca de Steve se abrió. ¿Había oído bien?

—Todos los profetas han vaticinado nuestra vuelta a Eretz Israel —siguió diciendo Simón—. Mientras sigamos siendo fieles a las leyes divinas tenemos derecho sobre esta tierra y a ella pertenecen Judea, Samaria y Jerusalén. Pero algunos son demasiado cobardes para colaborar en el cumplimiento de esa promesa divina. Se han apartado de las leyes divinas y por ello ponen todas nuestras vidas en peligro.

—¿Así que piensas que tu hermano Isaac es un cobarde porque no te siguió hasta aquí?

Simón miró hacia otro lado.

—¿De verdad consideras al abuelo Izzy un peligro para Israel porque ni tan siquiera está de acuerdo con vuestras ideas fanáticas? ¿Es eso lo que estás intentando explicarme?

—Isaac se ha apartado de nosotros. Ha traicionado a su propio pueblo y todo el mundo sabe que los traidores son la causa de la ruina final de un pueblo.

Steve levantó de golpe a Simón cogiéndolo por el cuello.

—Estás loco —siseó—. ¿Te das cuenta de eso? Sois todos unos locos fanáticos.

—No, Chaim, solo defendemos a nuestra gente de los enemigos de nuestro pueblo. Isaac se ha convertido en un enemigo, como Jitschak Rabin, que pretendía malvender nuestro país a los palestinos.

—Rabin quería paz a cambio de territorio —le corrigió Steve—. Pero uno de vosotros le mató sin más de un tiro. ¿Un asesinato así está permitido en tu sagrada Torah?

Sacudió al hombre.

—¡Contéstame! Te pasas horas en la sinagoga, sabrás en qué página aparece, ¿no?

Simón mantuvo la boca cerrada.

—¿Sabes lo que hizo el abuelo Izzy la noche en que Rabin fue asesinado? Aquel sábado se fue con sus amigos judíos al Consulado de Israel y allí hicieron juntos una vigilia con velas. ¿Llamas a alguien así un traidor a su pueblo? ¿Y qué habéis hecho vosotros después de su muerte? ¿Os fuisteis tal vez a la sinagoga para musitar una oración de gracias para el asesino? ¿Tendrá también un monumento como aquel otro colono judío que hace unos años acribilló a veintinueve musulmanes que rezaban en la mezquita de Hebrón?

Steve temblaba de furia. Un transeúnte pidió ayuda a dos agentes de policía que separaron inmediatamente a Steve, pero que le dejaron ir enseguida cuando vieron que se trataba de una pelea familiar. Steve se fue de la plaza del mercado sin volver a mirar siquiera a su tío abuelo.

Deambuló el resto del día por la Ciudad Vieja con la esperanza de toparse con Zachry, pero se llevó una decepción. Por la noche pasó un momento por el cibercafé. Al ser el último visitante, Mike le ofreció una bebida y pudo navegar gratis por Internet. Tecleó nervioso un pequeño mensaje para Sue, pero para el abuelo Izzy no encontraba las palabras adecuadas. Después de distintos intentos borró todo lo que había escrito. A continuación buscó el sitio web de American Airlines y apuntó los números de teléfono y los datos de vuelos a Nueva York de la semana siguiente.

—Tienes pinta de cansado —dijo Mike—. ¿Has estado haciendo de turista y has andado más de la cuenta por la tarde, con el primer calor? Tienes que tener cuidado con este tiempo traicionero. Si no tomas demasiado líquido…

—No tiene nada que ver con eso —le interrumpió Steve—. ¿Ha venido hoy Zachry?

—No le he visto —contestó Mike—, pero sigo teniendo aquí tu papel.

—Gracias —dijo Steve—. Hasta mañana.

En el piso de Simón estaban todas las luces encendidas. Steve vio distintas sombras moverse detrás de las cortinas.

Debbie le empujó a su habitación inmediatamente.

—Es mejor que no te dejes ver esta noche —le informó—. Toda la familia está bastante nerviosa porque esta tarde han encontrado al abuelo Simón inconsciente. El médico sigue aquí, pero todo está controlado. El abuelo se ha alterado demasiado estos últimos días.

—¿No me estarán echando la culpa de lo que ha pasado? —preguntó Steve.

—Claro que no —contestó Debbie—. El abuelo tiene el corazón débil y está cerca de los ochenta. Mañana te veo. Buenas noches.

—Me pongo enfermo cada vez que veo entrar a Simón y a los demás en la sinagoga, Debbie.

—¿Qué ha pasado? Ayer oí una discusión en toda regla entre el abuelo Simón y el tío Amos, pero no pude enterarme de qué se trataba. Tu nombre salió a relucir unas cuantas veces y también el de tu abuelo.

—Me voy a casa, Debbie.

—¿Así, de repente?

—Después de la discusión que tuve ayer con Simón, no tengo ninguna razón para quedarme más tiempo.

—¿Y eso?

—Si conocieras al abuelo Izzy... ¡Santo dios!, Debbie, estos dos hermanos son tan diferentes. El abuelo Izzy es un hombre con un espíritu muy abierto. Todo el mundo es bien recibido en su casa, judío o no, a él eso le da igual. Nos ha inculcado esa postura desde pequeños. Incluso después de lo que vivió en los campos sigue diciendo que no todos los alemanes son nazis, mientras que Simón...

—... asegura que todos los palestinos son terroristas —dijo Debbie completando la frase—. Lo sé.

—El abuelo Izzy odia todo lo que huela a fanatismo. Después del horror de los nazis buscó tranquilidad, pero cuando volvió aquí en un medio intolerante... Debió de ser demasiado para él. Por eso se alejó de todo este entramado fanático.

—Estás exagerando, Steve.

—¿Intentas defender a Simón?

—¿Lo he hecho alguna vez? —le espetó Debbie—. Ya no te reconozco. ¿Cómo te atreves a meter en el mismo saco a Simón y a los nazis?

Steve se asustó de su salida.

—Perdona, Debbie —murmuró—. Tienes razón. Pero no acepto la forma en la que Simón describió ayer a su hermano. El abuelo Izzy no ha traicionado a su pueblo. Ninguno de nosotros lo ha hecho. ¿Cómo pueden estar tan ciegos aquí?

Debbie no reaccionó.

—Comprendo perfectamente por qué el abuelo cruzó el océano —dijo Steve—. Hoy mismo llamo a American Airlines.

—¿Y Zachry Sabella qué? Despotricas una barbaridad contra los fanáticos, conoces a alguien que tiene una mirada crítica de toda la situación y ni te tomas la molestia de hablar con él.

Steve se encogió de hombros.

—Eso no es verdad, Debbie. Lo he intentado a través de Mike, pero no lo he conseguido.

—Zachry quiere verte —dijo.

—¿Qué?

En los ojos de ella había destellos de alegría.

—Con la ayuda de Mike envié un mensaje al sitio web de B'Tselem pidiéndole que se pusiera en contacto contigo.

—¡Debbie! —exclamó entusiasmado—. ¿Lo has hecho de verdad? ¡Es fantástico! ¿Y cuándo puedo verle?

—Creía que ibas a llamar a American Airlines…

—¡Dímelo, Debbie!

—Mañana a las ocho de la tarde. Te explicaré dónde vive.

Otoño, 1972

AL-QUDS, CIUDAD VIEJA

Zacarías subió al séptimo cielo cuando le pusieron su nombre a su primer nieto. Toda la familia se reía de las caras que le ponía el joven abuelo al pequeño Zachry. Salwa era la única que no lo hacía de corazón. Echaba demasiado de menos al otro abuelo, pero reprimió su tristeza y al pequeño le dio el cuaderno de Fahkri como regalo de bienvenida. Delante había escrito:

> *Para Marj al-Zuhour, Fuad y Zachry. Un regalo muy especial para una ocasión muy especial.*
>
> *Barfylia & Al-Quds, Fahkri & Salwa, noviembre de 1972.*

—Ahora *baba* también estará un poco presente —dijo Marj al-Zuhour emocionada—. Gracias, mamá.

—¿Tienes noticias de él? —pregunto Fuad.

—Muy pocas. Según Husam sigue en el sur del Líbano, pero nadie sabe si…

—*Baba* se las arreglará, mamá.

—Naturalmente —asintió Fuad—. Nunca se ha dejado asustar por los sionistas.

—Le contaremos muchas cosas de Barfylia a Zachry, mamá, y del huerto de su abuelo, y de la casa de Katamón.

Marj al-Zuhour secó las lágrimas de su madre.

—No podemos rendirnos, mamá. No después de todos estos años. Tenemos que resistir, como *baba*. Tenemos que sobrevivir por Zachry y por todos los niños palestinos.

Salwa asintió, pero tenía sus dudas. Todo el mundo tiene un límite en la capacidad de resistencia y los ocupantes israelíes tenían sus propios métodos para quebrar la tenacidad de los palestinos. ¿Y por qué seguía Husam siendo tan vago y esquivo en sus respuestas? ¿Seguía en realidad estando al corriente de las idas y venidas de Fahkri? ¿O callaba algo? La situación de los palestinos seguía siendo increíblemente difícil. Muchos, como Fahkri, habían huido al sur del Líbano, donde vivían en campamentos superpoblados. Los dirigentes de la Organización para la Liberación de Palestina luchaban por la libertad de Palestina, pero para muchos solo eran terroristas que mataban a niños inocentes israelíes o que asesinaban judíos en el extranjero. Los israelíes siempre respondían con fuerza y casi todos los días caían víctimas por ambas partes. ¿Cómo podría pararse esa espiral de violencia? ¿Y aceptaba la organización que Fahkri solo ejerciera de hombre de enlace? Si alguna vez cayese en manos de los israelíes no iban a creerle en ningún caso cuando asegurase que no era capaz de matar a nadie. Trataban con mano dura a todos los miembros de la OLP a los que localizaban. Ni a los miembros de la familia los dejaban tranquilos.

Margot sacó a Salwa de sus cavilaciones y abrazó a su amiga.

—Ahora somos abuelas las dos —sonrió—. Nunca hubiera pensado que lo seríamos tan pronto.

Zacarías cogió a su nieto en brazos.

—Hola, mi pequeño y querido Zachry —sonrió—. ¿Te han contado ya estas dos jóvenes abuelas tuyas que eres clavadito a tu abuelo?

—No le creas —dijo Fuad—. Eres la viva imagen de tu madre. Me di cuenta desde el primer segundo que te vi.

—¿No os iréis hoy, no? —preguntó Margot.

Fuad rió.

—Nos mudamos al otro lado de la calle, mamá, no a otra ciudad ni a otro país.

—Tus hermanos también se han ido de casa —protestó Margot—. Después de tantos años viviendo juntos esto estará vacío.

—Salwa se queda —le consoló Fuad—. Si ella se fuera sí que lo ibas a tener difícil.

—No podría vivir sin Salwa —contestó Margot cogiendo a su amiga del brazo.

Al día siguiente, las dos mujeres entraron en la casa de sus hijos y de su nieto y les hizo bien comprobar que la joven familia era feliz en su propio y pequeño espacio. Fuad y Marj al-Zuhour seguían deseando una casita a las afueras de la Ciudad Vieja, pero de momento eso era imposible. Los israelíes apenas concedían permisos de construcción a los palestinos y muy a menudo expropiaban territorio palestino en torno a Al-Quds para fines militares o para desarrollar una nueva planificación urbana, por así decirlo.

Mientras los padres trabajaban, las jóvenes abuelas iban diariamente con Zachry al bazar, como habían hecho antes con su propia prole. Allí Salwa se encontraba con Husam y se enteró, después de mucho insistir, de que Fahkri seguía haciendo el mismo trabajo de enlace en el sur del Líbano, pero no podía darle datos concretos por razones de seguridad. Sus conversaciones con el hombre eran discretas y fugaces, pero no dejaban de ser arriesgadas. Los israelíes estaban extremadamente alerta cuando sospechaban que alguien tenía algo que ver con la Organización para la Liberación de Palestina. Además, habían reclutado a palestinos para que les mantuviesen al corriente, por lo que no podías fiarte ni de tu propia gente. Salwa era perfectamente consciente de que corría peligro, pero era más fuerte que ella. Cada día echaba más de menos a Fahkri y aquellas pequeñas noticias, por esporádicamente que se filtraran, le ayudaban a resistir, a ofrecer resistencia a los invasores junto con Margot y otras mujeres.

Los israelíes no solo habían robado sus casas y sus huertos, sino que con su humillación diaria también intentaban quebrar la dignidad del pueblo palestino y tenían que resistirse a eso.

Fuad y Marj al-Zuhour estaban completamente de su lado. Zacarías era el único que seguía creyendo que más tarde o más temprano cambiarían de actitud y algún día les devolverían todo a lo que los palestinos tenían derecho.

Primavera, 1979

AL-QUDS - JERUSALÉN

Un sudor angustioso perlaba la frente de Salwa mientras leía el artículo de la portada del periódico. Venía descrito hasta el más pequeño detalle cómo habían muerto unos niños israelíes por culpa de una granada cerca de la frontera del Líbano. Miembros de la Organización para la Liberación de Palestina habían esperado al autobús cuando entraba en el terreno del colegio. Salwa se estremeció cuando vio las fotografías y pensó inmediatamente en su propio nieto. «Imagínate que Zachry…»

—¿Qué pasa, Salwa? —preguntó Margot—. Te has puesto tan pálida de repente.

Salwa le dio el periódico.

—¡Santo cielo! —se asustó Margot—. Otra vez esa Organización para la Liberación de Palestina. No creerás que Fahkri tiene algo que ver en esto, ¿no?

Salwa se encogió de hombros.

—Él nunca lo haría, Margot, pero tengo miedo de que otros le impliquen de forma indirecta.

—¿Salwa Rafeedie?

Salwa y Margot levantaron sorprendidas la vista hacia los cuatro soldados israelíes que estaban en el vano de la puerta. El pequeño Zachry se escondió atemorizado detrás de su abuela.

—¿Cómo han entrado? —preguntó Margot.

—¿Eres Salwa Rafeedie?

—No, pero quiero saber…

—¡Déjalo! —dijo Salwa girándose hacia los soldados—. Yo soy Salwa Rafeedie. ¿Querían algo de mí?

—Nosotros somos los que hacemos preguntas. ¡Acompáñanos!

Salwa cogió a Zachry en brazos.

—Imposible. Estoy cuidando a mi nieto hasta que sus padres vuelvan de la oficina.

—El niño no se quedará solo —bramó el mayor del cuarteto—. ¡Vamos!, no nos sobra el tiempo.

—¿Así que me llevan sin orden de arresto?

—Ya te la enseñarán luego.

Soltó las esposas de su cinturón. Un segundo soldado intentaba cogerle el niño.

—¡Déjelo! —gritó Salwa roja de furia, dando una patada en la espinilla al soldado que tenía delante—. No toque a mi nieto. Déme un par de minutos e iré con ustedes.

Le dio el niño a Margot.

—Escucha, Zachry. Tengo que irme un momento.

Te quedas con la abuela Margot hasta que venga mamá. ¿Vale?

—Voy contigo —dijo Zachry llorando.

—No —contestó Salwa—, ahora no puedes venir conmigo. La abuela Margot te cuidará.

Zachry lloraba desgarradoramente cuando las esposas se cerraron en las muñecas de Salwa.

—Cuéntaselo todo a Fuad —dijo Salwa, antes de salir por la puerta.

Margot asintió muda y corrió inmediatamente con Zachry hacia la oficina de su hijo. Fuad fue enseguida a la comisaría de policía, pero el oficial israelí se desentendió enviándole a otro edificio, donde tampoco le hicieron ni caso. Fuad llamaba todos los días a los israelíes hasta que nueve días más tarde le comunicaron que podía ir a recoger a su suegra a la prisión central de Moscobiyya.

Margot y Marj al-Zuhour sostuvieron a Salwa cuando salió trastabillando de la prisión. En casa, Fuad la subió por la escalera.

—¿Qué tal está Zachry? —susurró.

—Está bien —le tranquilizó Marj al-Zuhour—. No pienses en ello. Ahora tienes que descansar y recuperarte.

Los interrogatorios en la prisión habían destrozado a Salwa. Tenía un ojo completamente cerrado, el labio superior hinchado y los brazos y las piernas llenos de cardenales.

Margot desvistió a su amiga mientras Marj al-Zuhour cogía una caja de gasas y pomadas.

—¿Zachry?

—Luego vendrá —la tranquilizó Margot—. Está jugando con sus primos.

Salwa cerró los ojos y se dejó acostar por su hija.

—He echado tanto de menos a mi nieto —susurró—. No puedo esperar más, quiero volver a verle ya.

Marj al-Zuhour llevó a Zachry junto a la cama de su madre.

—¿Abuela Salwa? —preguntó el niño asombrado.

Salwa sonrió.

—Ya estoy otra vez en casa, tesoro. Nunca más te dejaré solo.

Estiró el brazo hacia él, pero Zachry se apartó y se escondió detrás de su madre.

—¿Zachry?

El niño salió corriendo de la habitación.

Salwa lloró mucho: por Zachry, por Fahkri, por Ahmad y por el niño que aún estaba a salvo dentro de la tripa de Marj al-Zuhour. Aquella misma tarde se derrumbó.

Durante tres semanas Marj al-Zuhour y Fuad velaron junto a su cama en el hospital Augusta-Victoria en el Monte de los Olivos. Margot y Zacarías acudieron corriendo cuando recuperó el conocimiento.

—¿Por qué te detuvieron en realidad? —preguntó Zacarías—. ¿Qué querían averiguar?

—Me preguntaron dónde se escondía Fahkri —contestó Salwa.

—¿De dónde han sacado nuestra dirección?

—De Husam, me imagino.

Zacarías maldijo.

—Siempre he dicho que ese hombre no era de fiar, pero vosotros no os creíais ni una palabra.

—Espera un momento —dijo Salwa—. No le juzgues demasiado pronto. Los israelíes también le detuvieron. Seguro que le tienen en la prisión de Ansar en el desierto de Negev.

Marj al-Zuhour acarició las manos de su madre.

—¿Lo pasaste muy mal? —preguntó.

—No peor que los demás. Los primeros tres días estuve totalmente sola en una celda y solo me daban un trozo de pan de pita seco y media botella de agua. En los interrogatorios primero me pusieron un saco de yute en la cabeza y después me colgaron, con las manos atadas a la espalda, de una barra de hierro.

A Zacarías le rechinaron los dientes.

—Créeme, Zacarías, así es muy fácil hacerte decir cualquier cosa. Y según parece los métodos de la prisión de Ansar son bastante más duros.

Marj al-Zuhour apoyó la cabeza en el hombro de su madre.

—Pero no podías decirles nada, ¿no? Tú tampoco sabes dónde está *baba*.

—Les dije una y otra vez que hace años que no le veo, que ni siquiera sé si sigue vivo…

—¿Y te creyeron?

—Ni idea —suspiró Salwa—. Pero después de nueve días tuvieron que dejarme ir porque no podían culparme de nada.

—Puedes estar segura de que a partir de ahora no nos perderán de vista —dijo Zacarías.

—¿Y qué más? —preguntó Margot—. ¿Qué mal estamos haciendo?

—Somos palestinos —contestó Salwa—. No hace falta nada más para ser detenido.

Primavera, 1997

AL-QUDS - JERUSALÉN

—Entra, soy Marj al-Zuhour, la madre de Zachry. Mi hijo no ha llegado todavía, pero no tardará mucho. ¿Quieres beber algo?

Steve se sentó.

—Un vaso de agua, por favor.

—¿Eres uno de los voluntarios? —le preguntó desde otra habitación.

—¿Voluntarios? —repitió Steve sorprendido.

—Creía que venías a quedarte para ir a Anata. Mañana por la mañana empezarán a limpiar el terreno para la nueva casa de la familia Shawamreh. El artículo de Zachry ha impresionado mucho. Aquí el teléfono no deja de sonar. Todas las llamadas son de personas que están dispuestas a ayudar en la construcción.

—Bien —titubeó Steve—, yo… yo solo vengo a saludarle antes de volver a Estados Unidos.

La madre de Zachry puso un vaso de agua y un platito con olivas y nueces en la mesa auxiliar junto al sofá.

—¿Has estudiado con él en Austin?

—No, tampoco —sonrió Steve—. La primera vez que le vi…

Sonó el teléfono.

—Un momentito.

Marj al-Zuhour cogió el teléfono y empezó a tomar nota. Steve echó un vistazo alrededor. Entre las dos ventanas había una foto de un hombre joven con una *kefiyyah* en la que Steve reconoció inmediatamente los rasgos de Zachry. El marco estaba decorado con flores de plástico blancas, moradas y amarillas. En la pared de la derecha había un cuadro de un pueblo con huertos y un limonero debajo del cual estaba sentada una pareja.

En la repisa de la chimenea había dos velas encendidas junto a un crucifijo.

Todo estaba ordenado, pero no había ningún lujo. Si lo comparaba con el piso del abuelo Simón tan bien montado…

—Tres candidatos más —dijo satisfecha Marj al-Zuhour cuando colgó el teléfono—. Si esto sigue así, la vivienda estará antes de lo que nadie hubiera podido imaginar. Nunca nos habríamos esperado esto…

—¡Steve Efran!

Zachry estaba en el vano de la puerta.

—Exactamente —rió Steve.

Se dieron la mano.

—¿Quién lo hubiera pensado? Mamá, ¿me pones una taza de café fuerte? Tengo un día pesado a la espalda. Y trae un par de cervezas para Steve.

Se dejó caer en el sofá.

—No sabía lo cansado que podía llegar a estar —dijo bostezando—. Ya veremos cuando mañana tenga que arrastrar piedras hasta la obra.

Echó la cerveza en un vaso y se lo dio a Steve. Él dio sorbos al café.

—Bien, bien, Steve, reconozco que me sorprendí un poco cuando vi tu correo. ¿Sabes que eras el primero de mi lista?

Steve frunció el ceño.

—¿El primero?

—De verdad —asintió Zachry—. Mi artículo acababa de salir en Internet y al día siguiente ya estaba tu nombre en nuestra lista de voluntarios.

La madre de Zachry miró asombrada a Steve y a su hijo.

—¿Estás seguro de tener a la persona correcta delante de ti? —le informó.

—¡Pues claro! Reconocí inmediatamente a Steve de nuestra conversación en el avión.

Rió entre dientes.

—Yo... no sé nada —balbució Steve.

—¡Venga ya! —rió Zachry—. Los correos no caen del cielo. Ni siquiera en una ciudad santa como Jerusalén.

—No, en serio —contestó Steve—. Yo no mandé nada.

—Ya os las apañaréis entre vosotros —dijo Marj al-Zuhour—. Voy a buscar a mi madre y a Margot. ¿Te volveré a ver, Steve?

—Pues claro —contestó Zachry—, somos todo un grupo, pero una casa así tampoco se hace en un día.

—Vale —dijo Marj al-Zuhour—. Mi madre y mi suegra se alegrarán de conocerte, Steve. Los amigos de Zachry se convierten automáticamente en amigos suyos.

—Sin esas mujeres no podría avanzar en mi trabajo —le explicó Zachry—. Apuntan todas las llamadas de teléfono que entran, envían mis comunicados por Internet y mañana nos proporcionarán comida y bebida en la obra.

—Me vuelvo a Estados Unidos, Zachry.

Zachry se atragantó.

—No lo dirás en serio. ¿Ha pasado algo en casa?

Steve negó con la cabeza.

—Entonces, ¿por qué te vas? Tu correo me pareció tan fantástico y ahora me dices que no vas a colaborar de ninguna manera.

—Te lo repito, yo no mandé ese correo.

—Ahora si que no entiendo nada de nada, Steve. Escribiste de una forma tan entusiasta. Espera un momento, buscaré tu correo.

—No hace falta, Zachry, lo mandaría mi prima con mi nombre.

—¡Vaya! —rió Zachry—. A mis dos abuelas les gustará verla en el Jerusalén Link. ¿Qué te apuestas a que en un abrir y cerrar de ojos la ponen a trabajar?

—Me estás hablando en clave, Zachry. ¿A qué te refieres?

—¿Qué? ¿Llevas casi un año en Israel y todavía no sabes lo que es el Jerusalén Link? No les digas eso nunca a mis dos abuelas, por favor.

Cogió un bote de olivas y otro par de cervezas.

—¿Sabes qué? —empezó a decir—. En realidad estoy muy orgulloso de que mis abuelas estén en cierta medida en el origen del Jerusalén Link. Hace algunos años, cuando Hamas empezó con aquellos bombardeos, decidieron hacer algo contra el terror.

Steve levantó las cejas.

—Convocaron a mujeres tanto palestinas como judías para hablar. Si se conoce personalmente a la madre de una víctima, aseguran, sientes con ella, compartes su dolor y quieres hacer cualquier cosa para que pare la violencia. Ya se ha montado también un grupo así en Jerusalén Oeste.

—¿Y componen juntas el Jerusalén Link?

—Sí, y resisten, si bien no lo tienen fácil. Los prejuicios aquí están muy asentados.

Steve escuchaba asombrado.

—La acción de reconstruir la casa de Anata es idea suya. ¿No te parece fantástico?

—Absolutamente. Cuando Debbie oiga esto…

—¿Es la prima que te inscribió?

Steve asintió.

—No puedes decepcionarla, ¿no? —insistió Zachry—. ¡Vamos, Steve, no te desanimes!

Steve dudaba.

—Bien… lo pensaré —prometió—, y te lo haré saber lo antes posible.

—¿Lo harás? —preguntó Debbie intrigada.

—Tú y Zachry me habéis convencido. ¿Qué puedo hacer contra vosotros dos?

Debbie le dio un beso.

—Zachry tiene que ser un hombre extraordinario —dijo.

—Toda la familia Sabella me parece extraordinaria, pero solo conozco una pequeña parte de su historia. Te mantendré al corriente.

—Me pregunto cómo pudo Zachry ir a estudiar a Estados Unidos —siguió diciendo Debbie—. Los palestinos no consiguen tan fácilmente un visado para el extranjero.

—Una parte de la familia es cristiana. Zachry estaba en un colegio cristiano. La dirección se encargó de que tuviera una beca para Austin.

—Me gustaría poder ayudar mañana —suspiró Debbie.

—Quién sabe si más adelante podrás hacerlo alguna vez. Les hablaré de ti a las abuelas de Zachry. Antes de que te des cuenta te invitarán para charlar.

—¿Steve?

—¿Qué?

—Recibí un correo del abuelo Izzy y en él había un mensaje en hebreo. Cuenta que Sue y él esperan, a partir de mañana, un informe diario sobre tus prestaciones como obrero de la construcción.

—¡Debbie! Eres de lo que no hay. ¿Cómo sabías que iba a colaborar?

—No era difícil. La forma en la que buscabas noticias de las demoliciones en Internet me decía más que suficiente.

Las flores primaverales del valle ocultaban la dura escena de la casa destrozada de Anata. Había un grupo de unas cincuenta personas junto a las ruinas. Zachry y su padre asumieron la dirección y coordinaron todo. Salwa, Margot y Marj al-Zuhour sacaban termos llenos de café y té de grandes cestos de paja y abrían los panes de pita. Otra serie de mujeres los rellenaban de queso y olivas.

No se veían soldados y eso animó a los hombres a ponerse manos a la obra. Sacaron las vigas rotas de debajo de las piedras e hicieron largas filas para reunir los trozos de piedra y amontonarlos en el lugar en el que antes había estado el depósito del agua. Aquella sería la base de los nuevos cimientos. Cuando aparecieron los primeros vecinos curiosos de la familia Shawemreh, Zachry les animó a colaborar. Ellos a su vez convencieron a los jóvenes que vivían un poco más allá del pueblo y al final del primer día habían despejado todo el terreno.

Por la noche Steve estaba molido. Tenía las manos rojas y llenas de ampollas, pero nadie de la mesa hizo ningún comentario. Debbie, esa misma noche, le dio a escondidas un tubo de pomada.

El día anterior a que realmente empezaran con las tareas de construcción, Steve recibió una invitación para ir a cenar con Debbie a la casa de los Sabella.

—Imposible —dijo Debbie—. Escaparme media hora al cibercafé puedo hacerlo por los pelos, pero ¿no aparecer en la cena? ¡Olvídalo!

—Y yo que creía que tenías tantas ganas de conocer a esa familia.

—Steve, no seas idiota. Sabes perfectamente que me encantaría conocer a los Sabella, pero para mí esto también tiene que ser llevadero. ¿O acaso tienes alguna buena excusa?

—Entonces solo queda una solución.

—¿Sí?

—Quedaremos por la tarde en el cibercafé. Simón está a esa hora echándose su siesta y Amos está en la oficina.

Debbie rió en voz alta.

—¿Cómo le llamas a eso? ¿Una charla cibernética con un café? ¿O una charla de café en un ciberespacio?

—Merece la pena intentarlo. Voy a llamarles ahora mismo.

Se sacó un papel del bolsillo del pantalón y marcó un número.

—¿Zachry? Tenemos un pequeño problema para quedar esta noche. ¿Qué te parece el café de Mike, después, a las dos?

Steve le oyó decirle algo a su abuela y después levantó el pulgar hacia Debbie.

—Vale —contestó—. Estaremos los dos.

—¿Y no has vuelto a ver a tu marido desde aquella noche en Kalandia? —preguntó Debbie.

—Esa fue, en efecto, la última vez —asintió Salwa—. Y estaba terriblemente enfadada con él.

—Mamá, por favor, no empieces otra vez con eso —dijo Marj al-Zuhour—. Es normal que entonces te sintieras abandonada, ¿no?

—No comprendía a Fahkri y estaba celosa.

—¿Celosa? —repitió Debbie.

—Pues sí, celosa de Barfylia.

—¿El pueblo del dibujo de tu salón? —preguntó Steve.

Salwa asintió.

—Pero ahora estás siguiendo con su obra —dijo Margot—. Eres incluso más perseverante de lo que lo fuera Fahkri.

—Es lo menos que puedo hacer —reaccionó Salwa con violencia—. Se lo debo.

Cogió las manos de Debbie.

—Mi marido luchó, Debbie, pero no con armas, ni con granadas, ni siquiera con piedras, sino con su perseverancia. Con ese mismo *sumud* quiero seguir luchando.

—Nadie te iguala —sonrió Zachry—. Tú y la abuela Margot y todos los demás del Jerusalén Link trabajáis muchísimo.

—Si puedo ayudaros en algo —propuso Debbie—, me gustaría hacerlo.

—Con tu correo ya has tenido un buen comienzo —asintió Zachry—. No sé si otra persona hubiese sido capaz de convencer a Steve para que colaborase con nosotros.

—Claro que no podéis esperar que aparezca en la obra por las buenas —explicó Debbie.

—Lo entendemos —contestó Marj al-Zuhour—. Pero quizás puedas enviar los informes de Zachry a conocidos.

—¿Por qué no al rabí de la sinagoga de Simón? —bromeó Steve—. Si le das a todo un aire bíblico a lo mejor se lo leen.

Debbie negó con la cabeza.

—Dudo que eso sirva de algo. Los nuestros están tan convencidos de su propia razón y de la equivocación de los demás...

—Por eso precisamente tenemos que seguir hostigándolos con palabras —asintió Salwa—. ¿No se autodenominan el Pueblo de la Palabra?

—La abuela tiene razón —dijo Zachry—. Alguien tiene que romper las barreras y empezar una conversación. Incluso los líderes políticos de este país empiezan poco a poco a darse cuenta de ello. Jitschak Rabin aún dijo durante la Intifada: «Rompe los huesos de los palestinos». Y seis años después le dio la mano a Yasser Arafat en Washington. Es verdad que con un poco de desgana, pero si un halcón como Rabin pudo volverse paloma...

—Quiero intentarlo —asintió Debbie.

—Tiene que poderse —dijo Salwa—. La mayor parte de los judíos de aquí quiere, como nosotros, la paz en este país. A ese pequeño grupo que todavía no está convencido de que algo tiene que cambiar es al que abordaremos.

Cuando Steve llevaba unas dos semanas trabajando en la obra, Simón le llamó una noche aparte.

—Chaim, estás cometiendo un error —le advirtió.

—¿Cómo?

—¿Conoces la oración que decimos en Pascua?

—¿Te refieres a cuando rezamos: «El año que viene en Jerusalén»?

—Sí.

—¿Qué pasa?

—No la estás respetando.

—¿Por qué no?

—Sabes bien a qué me refiero, Chaim. No se pueden profanar nuestras ciudades santas, y menos aún Jerusalén.

—¿Es eso lo que estoy haciendo?

—Estás desperdiciando la sagrada tierra judía.

—No, Simón, no empieces otra vez. Solo le devolvemos a la gente aquello a lo que tiene derecho: una casa en la que vivir.

—Se pueden ir a otra parte.

—Los palestinos han vivido aquí siempre, Simón. Entiendo vuestros profundos anhelos de Jerusalén, pero ¿dónde están los límites de vuestra Jerusalén? ¿Alrededor de la Ciudad Vieja? ¿Alrededor de Jerusalén

Este? ¿Alrededor de Jerusalén Oeste? ¿Cuándo vais a dejaros de esas tonterías?

Steve salió.

—Nunca podremos renunciar a Jerusalén, Chaim, ¡nunca! —gritó Simón a su espalda.

La casa estaba medio construida cuando Zachry notó que desaparecían cosas.

—Tenemos que hacer algo —advirtió—. Si necesitamos materiales nuevos eso significará otros tantos días o semanas de retraso para la familia Shawamreh.

—¿Sospechas de alguien? —preguntó Steve.

Zachry se encogió de hombros.

—Puede ser cualquiera. Aldeanos que se llevan algo, enemigos del proceso de paz, colonos... Por la noche la obra se queda sola y a oscuras. Cualquiera puede venir.

—No puedes quedarte a dormir en la obra —comentó Salwa.

—Entonces solo veo una solución —decidió Fuad—, trabajar más rápido para darles menos oportunidades. ¿Haces otro llamamiento por escrito, Zachry?

—¿Y colgar fotocopias en la Ciudad Vieja? —sugirió Steve.

—¿Serviría eso de algo?

—Cuantas más cosas probemos más oportunidades tendremos.

Todos arrimaron el hombro y el resultado fue mejor de lo previsto. Acudieron un montón de nuevos voluntarios y en algunos momentos estuvieron trabajando el doble de personas que al principio. A finales de mayo habían terminado el trabajo más duro y la casa tenía un techo provisional.

—Mañana llenaremos el depósito de agua y la familia volverá a tener por fin otra casa —dijo Zachry satisfecho—. ¿Quedamos a las ocho como de costumbre?

—Vale.

La explosión se oyó en la madrugada a kilómetros de distancia. Todos los que iban a Anata contuvieron la respiración.

—Esta vez no son *bulldozers* —maldijo Zachry—. Los israelíes la han volado sin más.

Desde la cima de la colina vieron por segunda vez en pocos meses el montón de escombros, la gente llorando, los soldados armados.

Salwa puso la mano sobre los hombros de Zachry.

—¿Cómo lo habías planteado al final de tu artículo, chico?

—Si fuera necesario empezaremos una y otra vez, una y otra vez —susurró Zachry.

—Exacto —dijo en voz baja—, pero hoy nos tomaremos un día de descanso de todos modos. Ven.

Abandonaron deprimidos el terreno en el que habían trabajado tan duro durante un mes. Steve se quedó aquel día en casa de los Sabella. No quería oír el comentario de Simón y de Amos sobre los hechos.

Por la noche escribió una carta muy larga a su abuelo y a Sue, en la que pudo desahogar toda su rabia, su decepción, su indignación. Durante una parte de la noche siguió discutiendo con Zachry, y ambos estaban profundamente dormidos cuando Salwa los despertó de madrugada.

—Abuela, ¿qué pasa ahora? —refunfuñó Zachry.

Se quitó las legañas.

—Te dije que teníamos que hostigarlos con palabras. No podemos esperar más.

Apretó el botón de la impresora.

—Aquí —dijo dando un texto a cada uno—. Lo encontré en Internet en un sitio web sobre poetas palestinos. Mañana lo colgaremos en las vigas rotas, los muros derrumbados, los restos del depósito del agua y en todas las ramas rotas del huerto.

Como un día cualquiera puedo ser arrestado
y mi casa ser visitada por la policía
para registrarla y «limpiarla»,
como no puedo comprar papel,
todo lo que viva
y todos mis secretos
los grabaré en la corteza del olivo
del patio de la casa.
En la corteza del olivo
grabaré mi historia
y todos los capítulos de mi tragedia
y mis suspiros por mis campos
y las tumbas de mis muertos.

En la corteza del olivo
grabaré todo lo amargo
que me he tragado,
pero eso cambiará
por lo dulce que está por venir.
En la corteza del olivo
grabaré el número
de cada parcela robada a nuestra tierra.
Grabaré los límites de mi pueblo
y las casas que han sido dinamitadas
y mis árboles que han sido arrancados
y cada flor silvestre que ha sido pisoteada.

Tawfiq Zayyad

—Vamos —espoleó a Zachry—. Hay mucho que copiar y todos los voluntarios tienen que ser informados.

Los soldados seguían estando presentes aquella mañana, pero permitieron a los cientos de voluntarios palestinos y judíos colgar sus hojas moradas, blancas y amarillas.

Debbie y Steve formaron un círculo con los Sabella.

—Un campo lleno de flores —dijo Salwa—. Esto también es un trocito de nuestra Barfylia en Al-Quds, Fahkri. ¿Puedes verlo tú también?

Debbie apretó la mano de Steve.

—Ya sé lo que les voy a enviar por correo esta noche a Sue y al abuelo Izzy —susurró—. Les enviaré a los dos el texto de…

Sintió que Steve se quedaba inmóvil.

—¡Santo cielo! —exclamó—. ¡Zachry, mira hacia allí!

Por la derecha se aproximaba un grupo de colonos judíos. Por el otro lado jóvenes palestinos empezaron a tirar piedras. Los soldados se dispersaron en ambas direcciones. Sonaron los primeros disparos, cayeron los primeros heridos. En nada de tiempo reinó el caos.

—¡Hay que largarse de aquí! —avisó Zachry.

Cogió a Salwa y a Margot del brazo, Steve empujó a Debbie por delante de él. A todo el mundo le entró pánico, gritaba, lloraba, se alejaba corriendo de la obra. Debbie quedó separada de Steve y de los otros en medio del estruendo y tropezó.

—¡Steve! —gritó—. ¡Espera!

Zachry y Steve volvieron la vista.

—¡Seguid andando! —les dijo Zachry a Salwa y a Margot—. Nosotros nos encargaremos de Debbie.

Abriéndose paso a codazos retrocedió detrás de Steve.

—¡Steve! —volvió a gritar Debbie—. ¡Aquí!

—Vamos, Zachry —dijo Steve—, tiene el tobillo dislocado. Tendremos que llevarla nosotros.

—¡Aguanta, Debbie! —dijo Zachry sonriendo—. Estás en buenas manos.

Pararon un momento al pie de la colina.

—¿Aguantas? —preguntó Steve.

Debbie asintió.

—Voy a intentar hacerlo sola —dijo con ánimo—, si puedo apoyarme en vosotros iremos más rápido.

Echó el brazo derecho sobre los hombros de Zachry, el otro sobre los de Steve y de esa forma subió cojeando la colina.

El estruendo aumentó. Las granadas explotaban y levantaban fuentes de tierra y gravilla. Se agacharon, perdieron el equilibrio y los tres cayeron hacia delante. Zachry se escurrió colina abajo. Braceaba desesperadamente a su alrededor intentando en vano encontrar un asidero.

—Pégate al suelo, Debbie, voy a ayudarle.

Steve se arrastró entre los cascotes hasta su amigo y le agarró por la pierna.

—¡No pasa nada! —gritó—. ¡Aguanta!

Debbie se mordió los labios y siguió arrastrándose. Las lágrimas goteaban en sus manos. Se frotó los ojos furiosa. Nadie vería su dolor y su angustia y menos aún debían notarlo en su casa.

Otoño, 1988

AL-QUDS

Decenas de patrullas de seguridad israelíes, armadas hasta los dientes con pesadas metralletas, gas lacrimógeno y porras, patrullaban por la Ciudad Vieja. Salwa y Margot tuvieron que enseñar sus carnets de identidad más de una vez de camino al bazar. En cada control se sentían como prisioneras de las que cada movimiento, cada paso era anotado minuciosamente. El odio de Salwa hacia el invasor crecía día a día. Los israelíes habían asesinado a su amado en el Líbano hacía seis años y ya llevaban meses limitando su libertad, la de su pueblo y la de sus hijos y nietos. No era extraño que los jóvenes de los campamentos de refugiados se hubieran sublevado. Por una parte, Salwa admiraba a los jóvenes palestinos que se atrevían a apedrear a los soldados fuertemente armados, por otra parte, sentía un miedo enorme a que esos mismos jóvenes arrastrasen a sus nietos a la violencia. Sobre todo le preocupaba Zachry. Un chico de dieciséis años era muy fácil de influenciar y más de una vez había acusado a sus padres de cobardía. Desaparecía en los momentos más inverosímiles y nadie sabía dónde se metía exactamente. Pero Salwa conocía a algunos de sus amigos. Algunos habían sido detenidos varias veces y uno de ellos había estado encerrado durante un mes en la prisión de Moscobyyia. Salwa conocía las técnicas para interrogar de los israelíes y estaba segura de que ya habrían confeccionado una lista de todos los conocidos y amigos de aquel chico. Un pequeño enfrentamiento con los militares y Zachry sentiría la mano de hierro del invasor.

En el bazar buscaron comida. Debido a las huelgas de los palestinos y al cerco en las vías de acceso a Al-Quds de los israelíes, podía conseguirse poca verdura fresca.

—¿Cuánto tiempo aguantaremos esto? —suspiró Margot.

—Mientras sigas cocinando para nosotros nadie de la familia pasará hambre —sonrió Salwa—. Nos las apañaremos.

—No estoy hablando de eso —contestó Margot—. Tengo miedo. Miedo por Zachry.

Se acercó más a Salwa.

—He encontrado una honda y una *kefiyyah* en su mochila de la escuela —susurró.

Salwa se quedó petrificada. Ante sus ojos surgieron imágenes de jóvenes que ocultaban sus caras con una *kefiyyah* y que lanzaban piedras a los soldados israelíes o que arrojaban neumáticos ardiendo a las carreteras destruyendo vehículos israelíes.

—Tienes que hablar con él, Salwa. Eres la única a la que quiere escuchar. Cuéntale cómo te trataron hace años en la cárcel. Quizás recuerde algo del día que volviste a casa.

—Sea como sea no puede caer en sus manos —contestó Salwa—. Los israelíes le harán pedazos.

—Probablemente se pase hoy por nuestra casa. No lo postergues —le insistió Margot.

Salwa lo prometió, pero esperó hasta la cena para sacar el tema.

—¿Así que has estado husmeando en mis asuntos personales? —saltó Zachry, poniéndose rojo—. ¿Quién te ha dado permiso para hacerlo? Yo no me meto en vuestros asuntos, así que ¡no metas las narices en los míos!

Cogió la chaqueta para irse, pero Salwa le retuvo.

—No quiero que los israelíes te hagan polvo —dijo muy tranquila.

—¡Sé cuidarme! —ladró Zachry—. Ya no soy un niño. A mí no me cogerán.

—Eso es lo que siempre aseguraba tu abuelo —asintió Salwa—. Y a pesar de todo le mataron a tiros.

—¡Fahkri por lo menos hizo algo! Vosotros solo miráis cómo nos pisotean los israelíes y cómo nos humillan día tras día. Y el abuelo Zacarías incluso sostiene que algún día los israelíes reconocerán sus errores. Prefiero seguir los pasos del abuelo Fahkri y no vais a impedírmelo.

Margot sonrió.

—¿Sabes que eres clavado a Fahkri?

—Menos en una cosa —dijo Salwa—. Fahkri nunca utilizó la violencia.

—Y en eso tienes que seguirlo —le aconsejó Margot.

Zachry dudó.

—No veo...

Margot le cogió la chaqueta y le puso delante una taza de té.

—Fahkri, a su manera, convenció a otros para que no se rindieran —dijo—. Lo puedes enfocar de otra forma.

—¿Y cómo?

—Por medio de los estudios —le explicó Salwa—. Tienes que hacer algo con ellos. Encárgate de que los demás te miren. Tienes que convencer tanto a palestinos como a judíos de que la situación tal y como está es insostenible. Con palabras puedes hacer tanto más que con piedras. Estudia y escribe todo lo que está pasando aquí.

Zachry giraba la taza entre las manos. Salwa y Margot contenían la respiración.

—No sé —contestó.

—Es una pelea desigual —dijo Salwa—. Piedras contra balas. ¿Cómo vas a vencer algo así?

—Hemos cogido a los israelíes por sorpresa con nuestras piedras, ¿no? —mantenía Zachry—. No están preparados para una guerra de piedras.

—Nos pueden machacar tan fácilmente... —suspiró

Salwa—. ¿Te acuerdas de que una vez me detuvieron? Tú todavía eras un bebé.

—Recuerdo que me diste muchísimo miedo.

Salwa asintió y recordó la angustia en los ojos infantiles. En realidad encontraba terriblemente doloroso volver a reavivarlo todo, pero si no quería perder a su nieto…

Zachry escuchó toda la historia sin interrumpir ni una vez a su abuela. Después lloró como el niño pequeño de hacía tantos años.

Zachry anduvo durante días con la *kefiyyah* y la honda en su mochila de la escuela. Las dudas le corroían. Era consciente de que su abuela tenía razón. Con sus buenas notas tenía realmente muchas posibilidades de obtener una beca de estudios en Estados Unidos y con un diploma quizás pudiese cambiar algo. Pero cada vez que oía algo sobre niños que habían muerto asfixiados por el humo del gas lacrimógeno o sobre chicos de su edad que habían sido asesinados por balas israelíes, quería seguir siendo un «niño de piedra». Además, no quería ser visto como un cobarde. ¿Cómo iba a explicarles de pronto a sus amigos que ya no le interesaba su lucha contra el invasor?

—¡Zachry! ¡Zachry!

Su hermano pequeño le hacía señas desde el otro lado de la calle. Tenía una pequeña piedra en las manos.

—¿Juegas con nosotros, Zachry?

Los niños que rodeaban a Nabil tiraban por turno una piedra a una lata de aceite vacía que estaba abandonada en una pequeña plaza.

—¡Nabil! —gritó—. ¡No, no lo hagas! ¡Alto!

El niño dejó caer la piedra en el acto y se quedó quieto, asustado, mientras el resto del grupo salía pitando. Una patrulla de seguridad llegó corriendo y los tres soldados apuntaron inmediatamente al niño con sus armas.

—¡No! —gritó Zachry—. No ha hecho nada. De verdad.

Uno de los soldados dio una patada a la piedra que estaba a los pies de Nabil.

—Tenemos ojos en la cara —ladró cogiendo al niño por el brazo con brusquedad.

—¡Déjele! —suplicó Zachry—. Puedo explicarlo todo.

—Tenemos que interrogarle en la comisaría de policía.

Zachry se quedó perplejo. Los militares se llevaban a un niño de cinco años por una piedra... ¿Tan aterrorizados estaban? ¿Era ese el valiente e invencible ejército israelí?

—Llévenme a mí —volvió a suplicar—. Mi hermano es inocente.

Uno de los militares desapareció con Nabil, y otro puso el cañón de su arma bajo la barbilla de Zachry.

—¿Desde cuándo se preocupan los palestinos por los niños inocentes? —siseó—. ¿Cuántos niños judíos inocentes habéis matado ya? ¿O acaso nuestros niños merecen ser matados por vuestras bombas?

Zachry apenas se atrevía a respirar. El temor le encogía las tripas. Una sola palabra, un solo movimiento y podían abatirle a tiros por las buenas o podían simplemente romperle los huesos.

—¿Nombre?

—Zacarías Sabella.

—¿Carnet de identidad?

—En el bolsillo de mi camisa.

El soldado abrió la chaqueta de Zachry de un tirón, revisó los datos y los transmitió inmediatamente.

—¿Has incitado a los niños a tirar esas piedras? —preguntó el tercero.

Zachry negó con la cabeza.

—Vengo de la escuela e iba para casa. Vivo cerca de aquí. Vi por casualidad a mi hermano pequeño entre los otros niños que jugaban.

—¡Le tenemos! —dijo el militar que tenía el carnet de identidad—. Ya me lo suponía.

Zachry tragó saliva. ¿A qué se refería el soldado? Nunca le habían podido coger en flagrante, nunca había sido detenido. ¿De qué podían inculparlo?

—¿Sabella?

Zachry asintió.

—¿Te dice algo el nombre de Bashar Rishmawi?

Zachry sintió que el suelo se hundía bajo sus pies. Habían detenido a Bashar en los comienzos de la Intifada y lo habían encerrado durante un mes.

—¿Tienes algo que decir?

—Bashar Rishmawi fue alumno de nuestra escuela. Ya no.

—Claro que no —ladró el militar—. ¿Por qué iba a serlo? Ahora está metido en otras cosas, como tú.

Volcó el contenido de la mochila en el suelo y después aporreó a Zachry. Luego le maniató con la *kefiyyah.*

—Espera aquí a tu inocente hermanito —se mofó—. Le informaremos de que tiene que vigilar a su hermano.

Salwa y Margot encontraron a sus nietos cerca de casa. Margot, con caricias, sacó el miedo del cuerpo petrificado de Nabil y Salwa puso tiritas en las magulladuras de Zachry. Ninguna de las dos abuelas hizo preguntas, pero comprendieron que aquella tarde Zachry había hecho su elección.

Julio, 1997

AL-QUDS - JERUSALÉN

Steve intentó contar sus vivencias en Anata varias veces pero, intentase lo que intentase, no conseguía entablar una conversación con Simón y Amos. Se limitaban a darle de lado. Por eso visitaba a menudo a los Sabella y en las últimas semanas en Israel conoció con Zachry esa parte del país que, normalmente, aparecía con una descripción muy somera en las guías de viaje. Las tiendas de los campos de refugiados en la orilla occidental del Jordán habían desaparecido y habían sido sustituidas por casas de hormigón, pero detrás de cada muro Steve descubrió miedo y, sobre todo, muchísimo odio y furia por la miseria diaria bajo la ocupación israelí. La anciana Fadwah le habló, con lágrimas en los ojos, de su hijo Ahmad, y de Fahkri, que nunca había podido olvidar su pueblo. Después de todos aquellos años sus recuerdos de aquel día seguían siendo clarísimos. Su odio a los judíos seguía siendo igual de intenso. En una de sus salidas pararon junto a un *kibutz* no lejos de Tel Aviv. Las casitas blancas de piedra habían sido levantadas alrededor de un edificio central y estaban rodeadas por huertos.

—Antes de *al-naqba* este lugar se llamaba Barfylia —le explicó Zachry—. Aquí creció mi abuelo. Este era el pueblo de Fahkri.

Señaló un lugar a la izquierda del edificio principal.

—¿Ves aquel cobertizo con el tractor? Allí estaba su casa y unos metros más allá vivía mi abuela. Detrás de las higueras había una fuente. Todos los días iban juntos a por agua. Fahkri dibujó todo su pueblo en un cuaderno. Puedo imaginarme vivamente cómo eran aquí las cosas. Mi abuela le contaba historias a mi madre con los dibujos y mi madre ha hecho lo mismo conmigo y con Nabil.

—¿Ha vuelto Salwa alguna vez? —preguntó Steve.

Zachry negó con la cabeza.

—Mi abuela quiere conservar la imagen del pueblo en el que vivió, no la de aquel en el que lo han convertido los judíos.

Steve buscó el limonero que había en el dibujo que había visto en la casa de los Sabella, pero no se atrevió a preguntarle a Zachry.

—No queda nada de sus casas y sus edificios —dijo Zachry—, pero sus olivos siguen creciendo.

Condujo dando un gran rodeo por Barfylia y señaló el resplandor morado y amarillo entre los huertos.

—¿Ya es definitivo? —preguntó Debbie.

Steve asintió.

—Me marcho mañana por la tarde. Dos meses antes de lo previsto, pero ya ha sido suficiente para mí. Desde mis salidas con Zachry, Simón y Amos casi han dejado de hablarme.

—Te echaré de menos —dijo en voz baja—. Ahora más que nunca.

—Yo también, pero no te dejo sola. Ayer hablé con Margot y con Salwa y no te dejarán abandonada.

—¿Me mandarás *e-mails* a menudo?

—Claro que sí —prometió Steve—. En estos meses me he acostumbrado a escribir mensajes a diario y Sue me lo recordará a menudo.

Debbie se enroscaba nerviosa un mechón de pelo en el dedo.

—¿Hay algo más? —preguntó Steve.

—¿Te has despedido ya de los Sabella?

—Sí, ayer. ¿Por qué?

Ella se encogió de hombros.

—Por nada en especial. A mí... me habría gustado ir contigo otra vez.

Steve sonrió.

—¿Para ver a los Sabella o a Zachry?

—En realidad a todos —respondió—, pero si pudiera elegir...

—Lástima que Zachry no esté hoy —dijo Steve—, pero mañana me acompañará a pie hasta la estación de autobuses.

Los ojos de Debbie relucieron.

—Entonces yo también quiero ayudarte a llevar el equipaje —rió—. ¿Vienes a comer?

Toda la familia estaba reunida alrededor de la mesa como cuando él llegó hacía algo menos de un año, pero esta vez ya no hacían preguntas, salvo la de que cuándo salía el avión para Manhattan.

Antes de irse a dormir Steve intentó hablar con Simón por última vez y le contó una serie de anécdotas sobre el abuelo Izzy, pero hablaba para la pared. Cuando Simón se adormiló sobre su libro de oraciones, Steve dejó con cuidado, sobre el libro, las fotos del abuelo Izzy que había traído de Manhattan.

—*Shalom,* Chaim —dijeron a coro al irse Steve, dándole educadamente la mano.

Ningún abrazo, ningún encargo de dar recuerdos a la familia de Manhattan, sino algún que otro reproche a Debbie por coger una maleta.

—*Shalom* a todos y gracias por dejar que me quedase tanto tiempo.

Asintieron en silencio y desaparecieron uno a uno en el interior del piso. Steve no había esperado ninguna despedida efusiva, pero tampoco una situación tan fría. Apenas podía creer que aquellos fueran familiares suyos.

Zachry le estaba esperando en la Puerta de Jafa. Propuso que tomaran juntos un último café en la peatonal calle comercial.

—Sonará extraño —dijo Steve—, pero a pesar de todo me resulta difícil marcharme de Jerusalén. He acabado queriendo a este lugar. Al-Quds es realmente una ciudad sorprendente.

Zachry le dio a Steve un gran sobre marrón.

—Un pequeño regalo de despedida —explicó Zachry—. Aún no tengo título, pero es una recopilación de testimonios palestinos y judíos, intercalada con poemas de Al-Quds.

—Yo… no sabía que…

Steve contuvo su emoción.

—¡Me parece fantástico! No podrías haberme hecho un regalo más bonito, Zachry. De verdad. Gracias.

—Espero que vuelvas alguna vez, Steve. Aún tengo mucho que contarte sobre mi ciudad natal y sobre la gente que vive aquí.

Steve asintió.

—Todos los años rezamos en nuestra pascua: «El año que viene en Jerusalén». ¿Quién sabe? En cualquier caso quiero volver a veros.

Se metieron en la calle Jafa, pero casi a mitad de camino, junto al mercado de frutas y verduras de Mahane Yehuda, Debbie se dio cuenta de que se había olvidado el bolso.

—¿Me esperáis aquí? —preguntó.

—¡Date prisa! —dijo Steve—. No nos queda mucho tiempo y no quiero perder mi vuelo.

Debbie volvió corriendo, pero aún no había llegado al otro lado de la calle cuando el estruendo ensordecedor de dos detonaciones consecutivas la hicieron encogerse. La mujer que estaba a su lado cayó, dos niños pequeños se estrellaron contra el suelo.

—¡Hamas! —gritó alguien—. ¡Un atentado suicida de Hamas!

Debbie se dio la vuelta y miró llena de horror la terrible escena que tenía a tiro de piedra. En el espacio más o menos cerrado del mercado, la explosión había causado una enorme detonación y destrozado a la gente. Los supervivientes trastabillaban sorprendidos entre los escombros o salían levantando polvo en todas las direcciones presos del pánico. Por todas partes se oían gritos y llantos. Las sirenas rugían en la lejanía. La primera ambulancia entró en la calle.

Debbie pasó muchos minutos clavada al suelo. Muy poco a poco fue tomando consciencia de que sus amigos…

—¡Steve! ¡Zachry!

Resbaló sobre unas sandías y naranjas reventadas, se incorporó con dificultad y volvió a repetir los nombres de sus dos amigos. Médicos y enfermeros saltaban de las ambulancias, atendían sobre el terreno a los heridos más graves y después, en camillas, los metían en las ambulancias. Debbie agarraba a todo el mundo para obtener información sobre los muertos y los heridos, pero en el enorme caos nadie podía decir nombres.

—Están llevando a todos los heridos al hospital Hadassah en Ein Kerem —le explicó un enfermero—. Pide información allí.

—¿Puedo ir contigo?

—Necesitamos todo el espacio para los heridos.

—Dos amigos míos…

El enfermero se arrodilló junto a un niño herido.

—Abre mi maletín y saca gasa hidrófila —dijo—. Si no detenemos esto rápido, el niño acabará desangrándose.

—¿Se va a salvar? —preguntó Debbie.

—Quizás. Haremos lo posible para intentarlo.

Juntos levantaron al niño con cuidado.

—Sujétale la mano —dijo el enfermero—. Un niño tan pequeño necesita sentir que hay alguien a su lado.

En un tiempo endiablado fueron a Ein Kerem, pero llegaron tarde de todos modos. El enfermero regresó al lugar inmediatamente. Debbie se quedó.

—¿Es familia tuya? —preguntó un médico.

—No… Estaba ayudando por casualidad, pero unos amigos míos…

No conseguía pronunciar las palabras.

—¿Estaban en el mercado?

Debbie asintió.

—Ya han traído a muchos heridos, pero…

—¿Cuántos… cuántos muertos hay? —balbuceó Debbie.

—Aún no lo sabemos.

—Quiero los nombres —dijo Debbie—. Tengo que saber si Zachry y Steve…

—En la recepción pueden ayudarte —explicó el doctor.

Debbie miró sorprendida el jaleo de detrás del mostrador. Los teléfonos no paraban de sonar. Había avisos urgentes para los médicos. Nuevos nombres eran anotados en largas listas.

—¿Puedo ayudarte? —preguntó la recepcionista.

Debbie no reaccionó.

—¿Estás buscando a familiares? —insistió—. ¿Cómo te llamas?

—Ephraim —susurró.

La mujer recorrió la lista de nombres.

—No tengo apuntada a ninguna víctima con ese nombre. ¿Quieres beber algo?

Debbie apartó la taza de café.

—Efran y Sabella —dijo en voz baja—. ¿Están en tu lista?

El dedo de la recepcionista volvió a recorrer los nombres.

—¿Zacarías Sabella y Steve Efran?

Debbie asintió.

—Sala tres, tercera planta. Le diré a alguien que...

Debbie ya estaba junto al ascensor. Apretó el botón con insistencia y después corrió escaleras arriba. El corazón le latía en la garganta al abrir la puerta. Había heridos en todas las camas. Enfermeros y médicos iban y venían.

—¿Steve? —preguntó en voz baja—. ¿Zachry?

En la cama más lejana se movió un brazo. Se apresuró hasta el final de la sala.

—¿Debbie?

—¡Steve!

—No te asustes. Tiene un aspecto horrible, pero solo son magulladuras.

—¿Y Zachry? —preguntó Debbie desesperada—. ¿Dónde está Zachry?

Steve dudó.

—Zachry… Acabó debajo de una viga rota.

A Debbie le castañetearon los dientes. Escalofríos le recorrieron todo el cuerpo. Se quedó sin aliento.

Steve la estrechó contra sí.

—Quiero verle, Steve. Tengo que verle.

—Entonces iremos juntos —dijo él asintiendo.

Una enfermera les acompañó a la parte de cuidados intensivos. Zachry estaba enchufado a distintos monitores. Estaba pálido como la cera. Una gruesa venda le rodeaba la frente.

—Está muy grave —susurró Debbie.

—Lo peor ni se ve —les explicó la enfermera—. Ha sufrido grandes quemaduras por inhalación en la explosión. Tiene los pulmones dañados.

Debbie y Steve apretaron suavemente la mano de Zachry.

—Seguimos aquí, Zachry. Seguimos estando los tres.

La cara de Zachry se transformó en una mueca de dolor.

—¿Steve?… ¿Debbie?

Sus dos amigos se inclinaron sobre él.

—¿Por qué… por qué no acabamos de aprender a…

Le costaba mucho respirar.

—… a convivir aquí… en Al-Quds?

GLOSARIO

Abba: padre (hebreo).

Al-naqba: denominación palestina para los hechos ocurridos en la creación del Estado de Israel.

Al-Quds: denominación árabe de Jerusalén.

Baba: padre (árabe).

Bar mitswa: iniciación del joven en la comunidad judía. Paso de la niñez a la adolescencia.

Eretz Israel: el país de Israel tal y como lo describe la Biblia (incluye a Judea y Samaria).

Haganah: organización paramilitar, ilegal, de judíos en pro de la creación del Estado de Israel en 1948.

Hamas: agrupación fundamentalista islámica.

Hamotzi: precepto judío que manda bendecir los alimentos.

Hummus: puré de garbanzos.

Ima: madre (hebreo).

Inch Allah: si Dios quiere (árabe).

Intifada: levantamiento «con piedras» de los palestinos contra la ocupación israelí.

kefiyyah: pañuelo (árabe, palestino).

Kibutz: en Israel, colonia agrícola de producción y consumo comunitarios.

Kipá: pequeño casquete circular (judío).

Kol Nidré: himno con el que comienza el oficio de *Yom Kippur.*

Muecín: musulmán que llama a la oración desde el minarete.

Orilla Occidental del Jordán: ocupada en 1948 por Jordania y en 1967 por Israel; según la Biblia: Judea y Samaria.

Sabbat: palabra hebrea que significa «sábado». En el judaísmo, día santo.

Salaam: palabra árabe que significa «paz» y se utiliza también como saludo.

Shalom: palabra hebrea que significa «hola», «adiós» y «paz».

Shekel: moneda israelí.

Sionismo: movimiento fundado a finales del siglo XIX que tenía como objetivo la fundación del nuevo Estado judío en Palestina.

Sumud: tenacidad, perseverancia (árabe).

Yidish: dialecto altoalemán, con elementos hebreos y de otras lenguas, hablado por las comunidades judías que habitan en Europa central y oriental o que proceden de estas regiones.

Yom Kippur: Día del Gran Perdón.

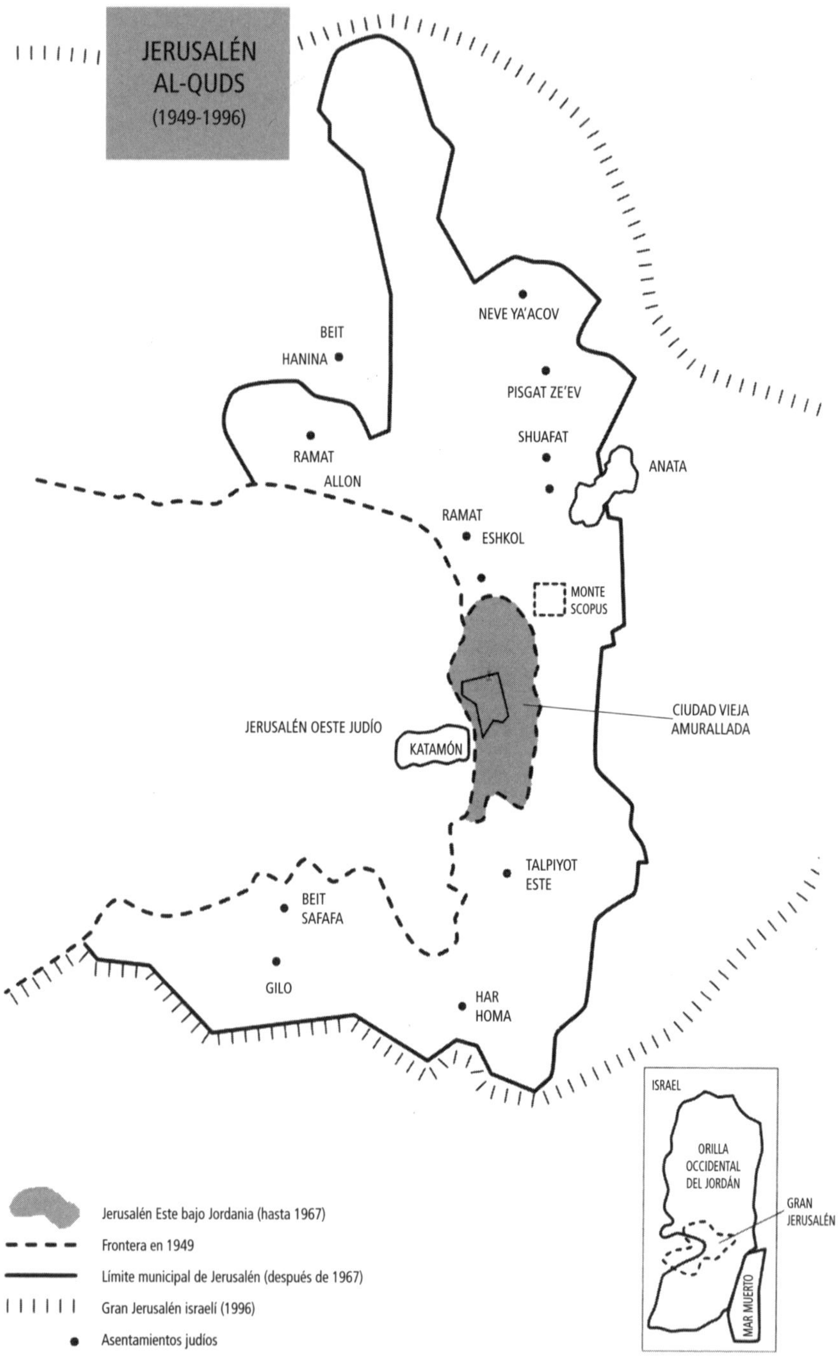
JERUSALÉN
AL-QUDS
(1949-1996)
NEVE YA'ACOV
BEIT
HANINA
PISGAT ZE'EV
SHUAFAT
RAMAT
ALLON
ANATA
RAMAT
ESHKOL
MONTE
SCOPUS
CIUDAD VIEJA
AMURALLADA
JERUSALÉN OESTE JUDÍO
KATAMÓN
TALPIYOT
ESTE
BEIT
SAFAFA
GILO
HAR
HOMA
ISRAEL
ORILLA
OCCIDENTAL
DEL JORDÁN
GRAN
JERUSALÉN
MAR MUERTO
Jerusalén Este bajo Jordania (hasta 1967)
Frontera en 1949
Límite municipal de Jerusalén (después de 1967)
Gran Jerusalén israelí (1996)
Asentamientos judíos

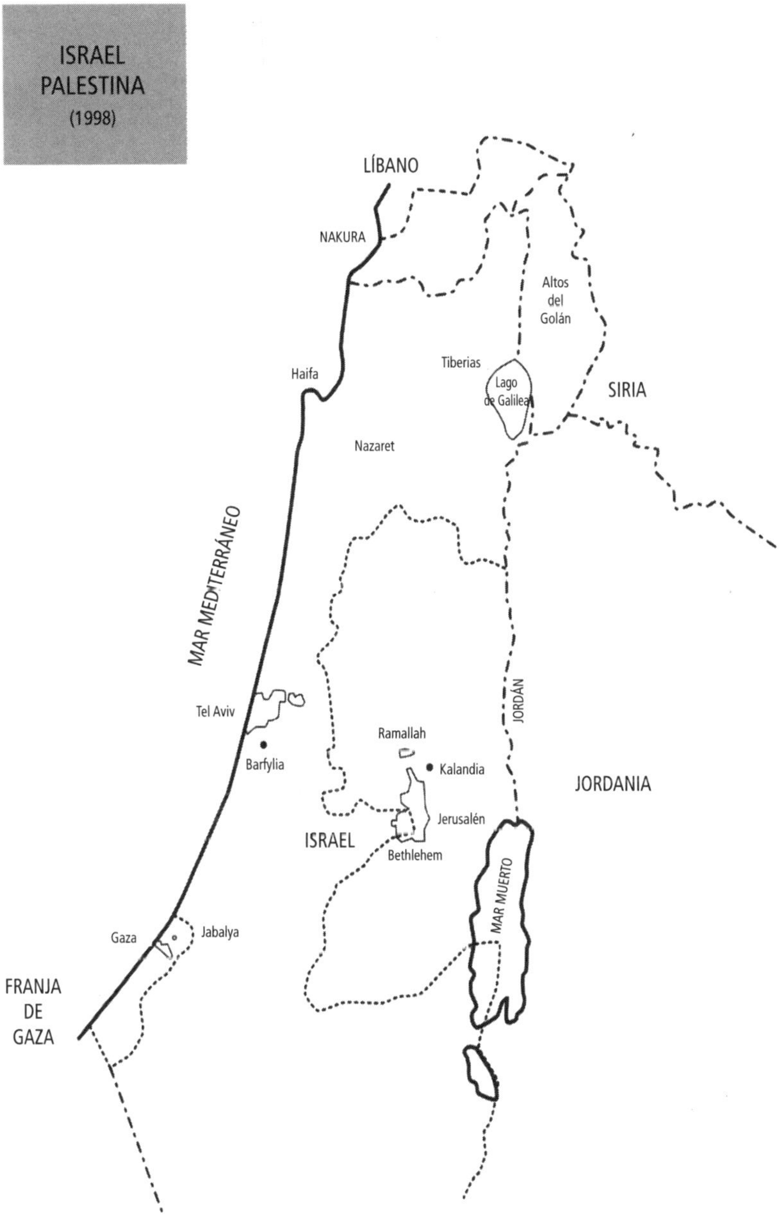
ISRAEL
PALESTINA
(1998)
LÍBANO
NAKURA
Altos
del
Golán
Tiberias
Lago
de Galilea
SIRIA
Haifa
Nazaret
MAR MEDITERRÁNEO
JORDÁN
Tel Aviv
Barfylia
Ramallah
Kalandia
JORDANIA
Jerusalén
ISRAEL
Bethlehem
MAR MUERTO
Gaza
Jabalya
FRANJA
DE
GAZA

ÍNDICE